Perry Rhodan

Quinto-Center

Perry Rhodan

Quinto-Center

von

Susan Schwartz

Pabel-Moewig Verlag KG, Rastatt

www.moewig.de
Redaktion: Sabine Kropp / Klaus N. Frick
Titelillustration: Alfred Kelsner
Druck und Bindung: GGP Media, Pößneck
Printed in Germany 2003
www.perry-rhodan.net
ISBN 3-8118-7520-5

1.

Quinto-Center, 28. Juni 1318 NGZ

Markus Fall konnte nicht ahnen, dass seine Tage bereits gezählt waren. Der USO-Spezialist war erst Mitte vierzig und körperlich in Bestform. Er hatte soeben einen erfolgreichen Auftrag erledigt und konnte vielleicht sogar auf eine Beförderung hoffen. Alles deutete darauf hin, dass er seine Schwierigkeiten endlich in den Griff bekommen hatte und sein Leben künftig in geordneten Bahnen verlaufen würde.

Seine Erwartungen schienen sich zu bestätigen, als er an diesem Abend nach einem kurzen Besuch in seiner Lieblingsbar zu seinem Quartier unterwegs war und es zu einer unverhofften Begegnung kam.

»Markus Fall? Was für ein Glück! Ich habe schon überall nach Ihnen gesucht!«

Natürlich hatte Markus Fall den hochgewachsenen, durchtrainierten Mann sofort erkannt, der ihm mit federnden Schritten durch den Korridor von Quinto-Center entgegenkam. Sein markantes, von rotblondem, leicht gewelltem Haar umrahmtes Gesicht war unverwechselbar. Er sah aus wie höchstens Mitte dreißig, wirkte fast noch jugendlich, und seine unergründlichen graublauen Augen hatten eine charismatische Ausstrahlung, als würde er sich ständig auf einer höheren Ebene bewegen. Markus Fall konnte sich nicht vorstellen, warum dieser Mann ausgerechnet nach ihm suchte.

»Was kann ich für Sie tun, Sir?«, fragte der USO-Spezialist und nahm Haltung an. Er hatte sich darauf gefasst gemacht, im Vorbeigehen höflich zu grüßen und seinen Weg fortzusetzen. Nie hatte er damit gerechnet, persönlich angesprochen zu werden.

»Ich habe Ihren Bericht gelesen und bin beeindruckt. Es war eine Meisterleistung, wie Sie den geplanten Waffenschmuggel auf Rudyn vereitelt haben.«

»Was soll ich sagen, Sir … Ich habe doch nur …«, stammelte Markus Fall verlegen. Immerhin stand er vor einem der unsterblichen Aktivatorträger. Das war selbst für ein langjähriges Mitglied der United Stars Organisation nichts Alltägliches. Dieser Mann verfügte über mehrere Jahrhunderte Wissen und Erfahrung. Er war eine Legende – und noch mehr: Er war Abkömmling einer noch größeren Legende. Roi Danton, als Michael Reginald Rhodan vor gut zweitausendfünfhundert Jahren terranischer Zeitrechnung geboren, Sohn des Terranischen Residenten Perry Rhodan. Seine Erlebnisse waren in Geschichtsbüchern dokumentiert, er war eine lebende Erinnerung an lange vergangene Zeiten.

»Stellen Sie Ihr Licht nicht unter den Scheffel!«, erwiderte Roi Danton mit beinahe jungenhaftem Lachen. Nur in seinen Augen war die Wahrheit zu erkennen, die viel zu alt, viel zu erfahren für einen Mittdreißiger wirkten. »Ich habe bereits einen neuen Auftrag für Sie, der ganz nach Ihrem Geschmack sein dürfte. Melden Sie sich in den nächsten Tagen in meinem Büro, wenn Sie sich erholt haben. Dann besprechen wir alle Einzelheiten.«

»Darf ich fragen, worum es geht, Sir?«

»Fragen dürfen Sie, aber ich werde Ihnen noch nichts verraten!«, gab der Unsterbliche grinsend zurück und klopfte dem Spezialisten auf die Schulter. »Schon gut, bei Ihnen kann ich eine Ausnahme machen. Ihr nächster Auftrag wird Sie nach Lepso führen.«

Markus Fall musste all seine Selbstbeherrschung aufbringen, um sich nichts anmerken zu lassen. Sollte er versuchen, den Auftrag abzulehnen? Warum musste es ausgerechnet Lepso sein, die berüchtigte Welt der Gesetzlosen, der Schmuggler und des organisierten Verbrechens?

»Ihre Besorgnis ist gerechtfertigt«, sagte Roi Danton, der die Anspannung des USO-Spezialisten bemerkte. »Der Einsatz ist mit gewissen Risiken verbunden. Aber ich bin überzeugt, dass Sie genau der Richtige dafür sind.«

»Danke, Sir«, raffte sich Markus Fall zu einer Antwort auf. »Ihre Wertschätzung bedeutet mir sehr viel.«

»Wenn Sie diesen Auftrag erfolgreich erledigt haben, wird es Sie einen bedeutenden Schritt weiterbringen. Sie sind ehrgeizig, Sie sind ein fähiger Spezialist, und Sie werden Karriere machen.« Roi Danton schüttelte ihm die Hand. »Also dann, bis bald.«

Der USO-Spezialist sah dem Unsterblichen nach, der mit schnellen, beinahe unbeschwerten Schritten in aufrechter Haltung seinen Weg fortsetzte. Markus Fall hingegen ging sehr viel langsamer und schwerfälliger weiter, denn er spürte plötzlich eine schwere Last auf seinen Schultern. Mit einem Schlag hatte ihn seine Vergangenheit wieder eingeholt.

Ich kann es nicht tun, dachte er, während er den Öffnungskode für sein Quartier eingab. *Roi Danton vertraut mir. Alle vertrauen mir, und … ich will nicht wieder fortgehen. Ich gehöre hierher.*

Instinktiv sah sich Markus Fall misstrauisch in seiner Unterkunft um, ganz wie in früheren Zeiten. Dann erst holte er aus einem Versteck hinter einer Wandverkleidung einen kleinen Behälter hervor. Mit düsterer Miene betrachtete er das unscheinbare kleine Ding, das er gemäß einer Anweisung bisher nicht geöffnet hatte.

Noch war es nicht zu spät. Noch konnte er zurück. Aber was dann? Gab es für ihn noch eine Wahl?

Nur noch dieses eine Mal, wisperte eine alte, vertraute Stimme in ihm, sein früheres Ich, das er heute mehr denn je hasste. *Es ist endgültig das letzte Mal, und dann ist es vorbei, für immer.*

»Natürlich!«, murmelte Markus Fall verbittert, während er das Kästchen in einem Beutel verstaute. »So war es bisher jedes Mal! Aber es war nie vorbei. Es wird nie vorbei sein. Trotzdem könnte ich …«

Was könntest du?, wollte die Stimme seines Zwiespalts wissen.

»Zu Roi Danton gehen«, überlegte Markus Fall laut. »Ihm alles gestehen. Und ihm erklären, warum ich nicht nach Lepso zurückkehren kann. Er ist so alt, hat so viel erlebt. Wenn jemand es verstehen kann, dann er. Vielleicht gibt er mir eine zweite Chance.«

Dummkopf, machte sich sein früheres Ich über den heutigen Markus Fall lustig. *Du müsstest allmählich wissen, dass es keine zweite Chance gibt. Sonst hättest du sie schon längst bekommen. Mach dir nichts vor, Leute wie dich will man nicht haben. Wenn sie die Schmutzarbeit erledigt haben, werden sie vor die Tür gesetzt. Du hast einen neuen Anfang gemacht, den du nutzen musst. Also wirst du tun, was dir aufgetragen wurde. Er hat versprochen, dich danach nie mehr zu belästigen. Dann kannst du weitermachen wie bisher, und niemand wird es je erfahren.*

Als er sich umdrehte, zuckte Markus Fall vor Schreck zusammen. Ein verstörtes Gesicht starrte ihn an, mit bleichen, eingefallenen Wangen und unstetem Blick. Es dauerte einen Moment, bis ihm bewusst wurde, dass er in einen Spiegel schaute. »Es ist eine Lüge«, sagte er zu seinem früheren Ich. »Man sollte kein neues Leben auf einer Lüge aufbauen.«

Pah!, spottete sein Gegenüber, das sich über solche Dinge niemals Gedanken gemacht hatte. *Lüge, Wahrheit – wo ist der Unterschied? Das ist subjektiv, nur eine Frage der Perspektive.*

Der Einwand war berechtigt. Und wenn Markus Fall Roi Danton nicht begegnet wäre, hätte er sich vielleicht überhaupt keine Gedanken darüber gemacht.

Im Grunde war es ganz einfach: Er wollte seine Haut retten, und dazu war es nötig, dass er sich noch einmal auf diese illegale Sache einließ. *Das ist doch nicht verwerflich, oder? Ich will nur überleben, mit allen Mitteln, genauso wie jedes Tier.*

Markus Fall wandte sich von seinem Spiegelbild ab und biss die Zähne zusammen. Dann schulterte er den Beutel mit dem kleinen Kästchen und verließ sein Quartier.

Er zuckte zusammen. Sein Herzschlag beschleunigte sich, seine Kehle wurde trocken.

»Sie sind spät dran«, zischte eine Stimme aus einer dunklen Ecke hinter seinem Rücken. Sie war mit technischen Mitteln so sehr verzerrt, dass sich nicht einmal sagen ließ, ob sie einem Menschen gehörte.

»Ich wurde aufgehalten«, entschuldigte sich Markus Fall.

»Haben Sie, was ich will?«

»Ja.«

Sie trafen sich in der Nähe einer Hangarschleuse. Im toten Winkel der Überwachungseinrichtungen waren sie ungestört, zumal sie wussten, dass sich hier um diese Zeit normalerweise niemand aufhielt.

Markus Fall hatte unterwegs darüber nachgedacht, was sich in dem unscheinbaren kleinen Behälter befinden mochte. Der anonyme Auftraggeber hatte ihm bei der ersten Begegnung exakt beschrieben, in welchem Bereich des Hochsicherheitslabors sich dieses Kästchen befand. Nur wenige Dinge wurden so gut abgesichert.

»Drehen Sie sich nicht um. Reichen Sie es nach hinten!«

»Einen Augenblick.« Markus Fall versuchte den trockenen Kloß in seiner Kehle hinunterzuschlucken. Seine Finger krampften sich um den Behälter. Es war nicht einfach gewesen, ihn an sich zu nehmen, die Sicherheitsvorkehrungen hatten sein gesamtes Können gefordert. Bei der ersten Begegnung hatte er versprochen, nicht neugierig zu sein, sondern einfach nur den Auftrag zu erledigen. Doch der heutige Markus Fall unterschied sich vom ehemaligen Tunichtgut, dem Gesetze nichts bedeutet hatten.

Sein Gewissen war spät erwacht, aber nun hatte es die Oberhand gewonnen. »Sie haben mir sehr präzise beschrieben, wo ich das Gesuchte finde. Weshalb haben Sie es nicht selbst geholt?«

»Weil Sie ein besserer Dieb sind als ich. Und wenn Sie unglücklicherweise versagt hätten, wären *Sie* dran gewesen, nicht ich.« Hinter Fall war ein leises Rascheln zu hören, und er spürte einen kühlen Luftzug, in dem sich die Härchen auf seinem Handrücken aufstellten. »Nun geben Sie schon her! Oder wollen Sie jetzt noch riskieren, dass ich alles über Sie erzähle? Über Ihre lange Verbrecherkarriere und wie Sie sich als Attentäter eine neue Identität verschaffen konnten? Nur dadurch sind Sie USO-Agent geworden!«

Markus Fall verdrängte den Zorn, der in ihm hochstieg und nach Rache verlangte. In früheren Zeiten hätte er nicht lange gefackelt. Aber damals hatte er nie über die Zukunft nachgedacht. »Das ist abgeschlossen«, stieß er zwischen zusammengebissenen Zähnen hervor. »Ich mache diese Sache nur, weil ich das, was ich mir aufgebaut habe, nicht verlieren will.« Er dachte an Roi Dantons Worte, an die Möglichkeit einer Beförderung. Es stand viel auf dem Spiel.

Auch seine Selbstachtung.

Ein heiseres Rasseln. War es Spott? Wurde er ausgelacht? »Sie sollten wissen, dass jeder Schatten irgendwann ans Licht gezerrt wird.«

Das sagt ausgerechnet dieser Meister der Verdunklung. Markus Fall spürte, wie jemand aus dem dunklen Schatten hervorkam und sich um ihn herumbewegte. Dann sah er einen weiten, vollständig geschlossenen Mantel mit tief herabgezogener Kapuze. Es war nicht erkennbar, welche Körperform das darunter verborgene Wesen hatte und ob es überhaupt humanoid war. Obwohl er schon viele solcher Begegnungen erlebt hatte, rieselte dem Spezialisten ein kalter Schauer über den Rücken. Etwas Unheimliches ging von dem Wesen aus, eine gefährliche Schwingung, als wollte es jeden Moment zuschlagen.

Markus Fall schluckte seine Angst hinunter, er hatte schon andere Situationen überlebt, die weitaus riskanter gewesen waren.

Er hielt den Behälter hoch. »Was befindet sich darin?«

»Entwickeln Sie plötzlich ein Gewissen?«

»Ich bin nicht mehr der, der ich einmal war. Sonst hätte ich Ihrer Erpressung nicht nachgegeben.«

»Und ich habe Sie davor gewarnt, neugierige Fragen zu stellen. Aber ich werde ein letztes Mal nachsichtig sein und Ihnen antworten. Es ist etwas sehr Kostbares. Damit werden Sie der Menschheit einen großen Gefallen erweisen. Sie werden es erkennen, wenn das Geheimnis gelüftet wird. Aber es ist sehr gefährlich. Die Sache muss gut vorbereitet werden, damit nichts schief geht. Deshalb treffen wir uns hier wie zwei Verbrecher.«

Der Unbekannte streckte fordernd eine verhüllte Hand aus. Oder war es eine Klaue? Es war nicht zu erkennen. Er – oder sie? – hatte bei der Maskerade an alles gedacht. »Ich hoffe, Ihr Gewissen ist zufrieden gestellt und wir können unser Geschäft endlich zum Abschluss bringen. Sie strapazieren meine Geduld.«

Markus Fall überreichte zögernd den Behälter. Der Unbekannte wandte sich von ihm ab, doch er ließ keinen Zweifel daran, dass der USO-Spezialist noch nicht entlassen war. »Warten Sie. Ich will den Inhalt überprüfen. Wenn ich alles zu meiner Zufriedenheit vorfinde, dürfen Sie sich auf eine unbeschwerte Zukunft freuen.«

Ein leises Klicken, kratzende und scharrende Geräusche. Markus Fall konnte nicht erkennen, was vor sich ging, und er wagte sich nicht zu rühren. Seine Gewissensbisse wurden immer größer, und er ahnte, einen nicht wieder gutzumachenden Fehler begangen zu haben.

»Ich kann nicht die ganze Nacht hier herumstehen«, drängte er ungeduldig. Er blickte sich nervös um; alles war still. Dennoch hatte der USO-Spezialist ein ungutes Gefühl. Er wollte sich nicht länger in der Hangarschleuse aufhalten. Oder *hoffte* er etwa darauf, erwischt zu werden? Dass ihm ein anderer die Entscheidung abnahm, das Richtige zu tun, damit er sich nicht selbst ans Messer liefern musste?

Schließlich drehte sich der Unbekannte wieder zu ihm um. »Es ist alles in Ordnung«, zischte die unpersönliche, verzerrte Stimme. »Sie dürfen sich freuen.«

Davon war Markus Fall noch nicht überzeugt. »Und welche Garantien habe ich? Wer sagt mir, dass Sie in einigen Tagen nicht etwas anderes von mir verlangen?«

»Ihr gesunder Menschenverstand«, antwortete das unheimliche Wesen. »Denken Sie, ich gehe irgendein Risiko ein? Ich gebe Ihnen meine Hand darauf, dass dies unsere letzte Begegnung war. Sie sind frei.«

Markus Fall starrte die Hand – oder was auch immer sich am Ende der Gliedmaße befinden mochte – unsicher an. Widerwille stieg in ihm auf. Das »Geschäft« auf diese Weise zum Abschluss zu bringen kam ihm pervers vor.

»Schlagen Sie ein oder lassen Sie es bleiben, eine andere Garantie bekommen Sie nicht«, schnarrte sein Auftraggeber.

Andererseits, schoss es dem USO-Spezialisten durch den Kopf, erhielt er dadurch vielleicht einen Hinweis, der ihm ermöglichte, das Wesen irgendwann zu identifizieren. Den Spieß umdrehen … vielleicht sogar wieder gutmachen, was er getan hatte. »Nun gut, schließen wir es damit ein für alle Mal ab«, stimmte er zu und griff nach der verhüllten Hand. Er zuckte zusammen. Der Griff des Unbekannten war sehr fest und schmerzhaft. Das Wesen zerquetschte ihm beinahe die Finger.

Eine recht eindeutige Warnung, von nun an die Finger von dieser Sache zu lassen, sich keine weiteren Gedanken mehr darüber zu machen, wenn er weiterleben wollte.

»Genügt es Ihnen? Mehr können Sie nicht erwarten. Und jetzt leben Sie wohl.« Abrupt ließ der Unbekannte seine Hand los und verschwand ohne ein weiteres Wort in den Schatten, aus denen er gekommen war.

Markus Fall hätte ihm folgen können. Schließlich war er ein Profi. Aber er entschied sich für das Leben. Er würde den Diebstahl und diese Begegnung vergessen – alles, was mit seinem früheren Leben in Zusammenhang stand.

2.

Quinto-Center, 30. Juni 1318 NGZ

Lejure Makaam hetzte in weiten Sprüngen um die Ecke, hielt vor dem Schott an und schöpfte kurz Atem. Bevor sie ihre ID-Karte in den Schlitz schob und sich vor den Gesichtsscanner stellte, prüfte sie den korrekten Sitz ihrer Kombination. Das Schott glitt auf, und sie fühlte die Augen aller Anwesenden auf sich gerichtet, als sie mit betont ruhigen Schritten in den Raum trat.

Kammoss, ein über zwei Meter langer, selbst für sein Volk ausgezehrt wirkender Ara mit trüben rötlichen Augen, sagte mit dünner Fistelstimme: »Dienstbeginn ist Punkt acht Uhr.«

Es war drei Minuten nach acht.

»Ich weiß«, sagte die frisch gebackene QuinTech mit rauer, tiefer Stimme. »Es tut mir sehr Leid, Sir, es wird nicht wieder vorkommen.« Sie versuchte gar nicht erst, sich zu rechtfertigen, denn sie wusste, dass Kammoss ihr eh nicht zugehört hätte. Er war bekannt dafür, jeden Mitarbeiter wie eine Maschine zu behandeln. Der Ara erwartete von jedem, dass er funktionierte. Das war nicht jedermanns Sache. Trotzdem hatte Lejure das Angebot angenommen, weil sie während ihrer Ausbildung bereits einige Zeit hier verbracht hatte. Außerdem war die Nanotechnologie ihr bevorzugtes Fachgebiet. Kammoss war ein Könner auf diesem Gebiet, und dass er Lejure das

Angebot bereits am Ende ihres Praktikums, noch vor der Prüfung, gemacht hatte, erfüllte sie mit Stolz.

»Gemäß deinen Wünschen habe ich dich dem medizinischen Bereich zugeteilt«, fuhr Kammoss fort. Er sprach niemanden höflich an, nicht einmal die Führungskräfte. »Herb Ödgur wird dich in deinen ersten Auftrag einweisen. Ich bin gespannt, welche Resultate du erbringen wirst.«

»Ich werde Sie nicht enttäuschen, Sir.« Lejure sprach betont ruhig und unpersönlich. Die QuinTech hatte tagelang für diesen Augenblick geübt, um sich nicht anmerken zu lassen, wie aufgeregt sie war. Als Jüngste des Jahrgangs hatte sie die Ausbildung mit Auszeichnung abgeschlossen. Aus diesem Grund konnte sie in einem der wichtigsten wissenschaftlichen Labors arbeiten und ihr Können beweisen. Wenn das nicht der Beginn einer großartigen Karriere war! Lejure Makaam hatte zu Beginn nicht geglaubt, dass sie es jemals schaffen würde, weil die Anforderungen noch viel höher gewesen waren, als selbst die Gerüchte vermuten ließen. Ihre Familie hatte über ihre hochfliegenden Pläne nur gelacht und Wetten abgeschlossen, wann sie aufgeben und reumütig nach Hause zurückkehren würde.

»Nur keine Scheu, junge Dame!« Ein untersetzter Terraner mit schütterem Haar und breit grinsendem Mund winkte den Neuling zu sich. Er führte Lejure in eine angrenzende Abteilung und zeigte der QuinTech ihren Forschungs- und Arbeitsplatz. Er war mit modernster Technik ausgestattet und vor allem ihren ergonomischen Bedürfnissen angepasst. Herb Ödgur blieb vor dem Arbeitstisch stehen und streckte ihr die Hand hin. Dazu musste er den Arm steil in die Höhe recken. »Zunächst einmal Gratulation zur bestandenen Prüfung und herzlich willkommen bei uns«, sagte er freundlich. »Ich bin Herb Ödgur, und ich hoffe, du hast nichts gegen eine unkonventionelle Anrede. Von diesem ganzen ›Ja, Sir, nein, Sir‹-Mumpitz halte ich nicht viel. Kammoss übrigens auch nicht.«

Das hatte Lejure bereits während ihres Praktikums festgestellt. Kammoss erwartete zwar die sekundengenaue Einhaltung des Dienstplanes, aber *wie* man die Arbeit machte, blieb jedem selbst überlassen. »Man kann sich hier wohl fühlen. Danke für den netten Empfang. Zeigst du mir meine Arbeit?«

»Du kannst es gar nicht erwarten, wie?« Herb lachte. »Kammoss hat uns schon vorgewarnt, dass du sehr eifrig bist. Ich selbst bin auch erst seit acht Wochen hier, und ich habe meine Entscheidung keinen Augenblick bereut. Aber jetzt wollen wir anfangen, einverstanden?«

Eine halbe Stunde später kam es Lejure Makaam vor, als wäre sie schon immer hier gewesen. Ihre Aufregung war völlig verflogen, und sie stürzte sich voller Begeisterung in den Auftrag, nachdem Herb sie den übrigen Mitarbeitern vorgestellt hatte. Einige ihrer Kollegen kannte sie bereits vom Praktikum, andere waren neu hinzugekommen.

Die Zeit verging wie im Flug. Lejure war kaum zu bewegen, eine Pause zu machen, und handelte sich damit den nächsten Tadel von Kammoss ein: »Ich erwarte die

Einhaltung der festgesetzten Pausen. Sie dienen zur Optimierung der Konzentrationsfähigkeit.«

Die junge QuinTech staunte nicht schlecht, als der gesamte Mitarbeiterstab das Labor durch ein Schott verließ. Als der Letzte hindurchgetreten war, schloss es sich automatisch.

»*Urrguu*«, entfuhr es Lejure. Interessiert schaute sie sich um. Lejure stand in einer großen Halle mit einem Arboretum. Man hatte eine wunderbare kleine Erholungslandschaft angelegt, mit einer künstlichen Sonne am blauen »Himmel«, über den weiße Wölkchen zogen, mit Felsengärten, kleinen Wasserfällen und Blumenrabatten, in denen bunt schillernde Honiglillibis zwitschernd herumschwirrten. Im Zentrum befand sich eine robotische Essensausgabe. Kaum hatte Lejure ihren Teller mit verschiedenen Speisen auf einem Tisch abgestellt, bildete sich sofort ein für sie passender Sessel aus Formenergie.

»So etwas habe ich während meines ganzen Praktikums nicht erlebt!«, schwärmte Lejure beeindruckt. Herb Ödgur schwebte ihr gegenüber in einem Sessel, etwa eineinhalb Meter über dem Boden. So konnte er in ihre Augen sehen.

»Nur das Team hat hier Zutritt«, erklärte der Terraner grinsend. »Täusche dich nicht, auch dieser Bereich gehört zum Labor und ist Teil unserer Arbeit. Hier dürfen sich die wahren Technik-Künstler austoben. Ich gehe jede Wette mit dir ein, dass du auch nach einem Jahr noch nicht herausgefunden hast, was echt und was künstlich ist. Wir setzen sehr viel Nanotechnik ein. Unter anderem werden die Mimikry-Fähigkeiten künstlicher Tiere und

Pflanzen getestet. Das ganze Programm rauf und runter und so weiter. Und nebenbei dürfen wir hier auch unsere Mittagspause verbringen. Wir sollen uns ja schließlich erholen, um wieder mit gestärkten Kräften an die Arbeit gehen zu können. Tests unter realen Bedingungen nennt man das.«

Lejure schaute plötzlich mit zweifelnder Miene auf ihren Teller. »Und was verspeise ich da?«

»Echte Nahrung, keine Sorge. Kammoss will unsere Arbeitskraft erhalten und nicht ruinieren. Aber ohne Rückfrage solltest du hier kein Obst pflücken.«

Lejure sah sich begeistert um und war fest entschlossen, eines Tages zu den Auserwählten zu gehören, die hier arbeiten durften.

Nach der Pause ging ihr die Arbeit schneller und leichter von der Hand, als sie erwartet hatte. Sie war schon sehr gespannt, wie ihr Vorgesetzter ihre bisherigen Ergebnisse beurteilen würde.

Die junge QuinTech war sich darüber im Klaren, dass ihr erster Auftrag nicht mehr als eine Probearbeit darstellte. Das Design eines »harmlosen« Nanoroboters, den ein pharmazeutisches Unternehmen für Werbezwecke in Auftrag gegeben hatte. Dennoch mussten alle Anforderungen erfüllt werden und das winzige mechanische Teil voll funktionsfähig sein.

Sollte sie erfolgreich sein, würde sie als Nächstes vermutlich einen Auftrag aus dem medizinischen Bereich bekommen. Das war mit großer Verantwortung verbunden, aber genau diese Herausforderung suchte Lejure ja eben. Von Anfang an hatte es für sie nur zwei Orte gegeben, wo sie tätig sein wollte: entweder hier in Quinto-

Center oder, was ein noch höheres Ziel für sie bedeutet hätte, für Zheobitt an Bord der ZENTRIFUGE II. Mitarbeiterin des berühmtesten Aras aller Zeiten zu sein, das wäre ihr Traum gewesen. Das würde nicht nur jede Menge Ruhm, sondern auch Abenteuer mit sich bringen!

»Träumst du?«, fragte Herb, der sie offenbar die ganze Zeit beobachtet hatte.

Lejure Makaam fuhr zusammen. Sie hatte sich tatsächlich einem Tagtraum hingegeben – das war nun schon die dritte Peinlichkeit des Tages! Viel schlimmer konnte es jetzt nicht mehr kommen. »Nein, ich … ich denke nur über ein kleines Problem nach, das ich mit meinem Nano habe«, stammelte die QuinTech hastig. »Ich bin mit dem Antriebssystem noch nicht zufrieden.«

»Du solltest nicht alles um dich herum vergessen«, sagte Herb breit grinsend. Bei dieser Dauergrimasse war es kein Wunder, dass sich tiefe Falten um seine Mundwinkel und Augen gebildet hatten. Mit dem Daumen deutete der Terraner ins angrenzende Hauptlabor. »Vielleicht interessiert es dich, dass wir hohen Besuch bekommen haben.«

Lejure drehte sich um. Mit einem Mal hatte sie das Gefühl, bis zum unteren Ende ihres Rumpfes zu sinken. Ihr Puls begann zu rasen, das Herz pochte gewaltig in ihrer Brust.

Kammoss unterhielt sich mit zwei Männern. Der eine war annähernd zwei Meter groß und sehr hager, von strenger, asketischer Gestalt, mit tiefbrauner Haut, die in einem helleren Muster marmoriert war, mit langen, glatten schwarzen Haaren und einem kurzen schwarzen Vollbart. Seine tiefgrauen, fast schwarzen Augen hatten einen distanzierten, kühlen Ausdruck. Sein schmallippiger Mund wirkte verkniffen. Abgesehen von den tiefen Furchen unter den hohen Wangenknochen hatte der Mann keine einzige Falte, auch nicht in den Augenwinkeln.

Diesen Mann kannte Lejure, weil er vor den angehenden QuinTechs einmal einen Vortrag gehalten hatte. Leutnant Darius Fynn war bei niemandem besonders beliebt, denn seine autoritäre, geradezu herrische Ausstrahlung schüchterte selbst hartgesottene Agenten ein. Man ging ihm lieber aus dem Weg. Er war es auch nicht, der Lejures Aufmerksamkeit erregt hatte.

Der andere Mann hatte es ihr angetan. Er war kleiner als Fynn, von athletischer Figur, mit einem aufgeschlossenen, ausdrucksvollen Gesicht, das einen starken Willen ausdrückte. Seine Ausstrahlung war umwerfend.

»Roi Danton ...«, flüsterte Lejure. Ihre großen, dunklen Augen waren weit aufgerissen, und ihre hochstehenden kleinen Ohren zitterten. Sie spürte, wie sich ihr rötliches Fell am ganzen Körper aufstellte. Sie stieß sich mit den langen, kräftigen Beinen ab, und mit einem einzigen gewaltigen Satz gelangte sie in den Nebenraum. Gleichzeitig wühlte sie mit ihren kurzen Armen in der geräumigen Bauchtasche ihrer Kombination und förderte etwas Zusammengeknülltes zutage, das sie mit wenigen glättenden Handgriffen entfaltete.

Lejure Makaam landete unmittelbar vor den drei Männern, die sich ihr verblüfft zuwandten. Dann setzte sie den Dreispitz auf den schmalen Kopf und verbeugte sich vor Roi Danton. »Ich bitte sehr um Verzeihung, Sir«, stieß die junge QuinTech hervor. Ihre Augen strahlten vor Begeisterung, und sie zeigte ihr weißes, kräftiges Gebiss. »Leider kann ich nicht angemessen salutieren, da ich keinen Degen bei mir habe, aber es ist mir eine ganz besondere Ehre, Ihnen zu begegnen, dass ich hoffe, Sie sehen mir diese Nachlässigkeit nach!«

Darius Fynn hatte die Lippen so fest zusammengekniffen, dass sie fast nicht mehr zu sehen waren. Seine Hautmaserungen schienen zu glühen, während seine Augen kalt wie Eis wurden.

Kammoss machte ein undurchdringliches Gesicht, aber zum Zeichen seines Unmuts trommelte er mit den Fingern der herabhängenden rechten Hand gegen seinen Schenkel.

Roi Danton hingegen zeigte ein belustigtes Lächeln, als er zu der fast drei Meter hohen, känguruähnlichen QuinTech aufsah. In seinen Augen tanzten vergnügte Funken. »Sie sind Rubinerin, nicht wahr?«

»QuinTech Lejure Makaam, zu Ihren Diensten, Sir!«, antwortete Lejure eifrig und salutierte nun nach moderner terranischer Art. »Ich stamme in der Tat von Rubin, dem dritten Planeten in Rois System, der seinem Namensgeber, dem ehemaligen König der Freihändler, alles zu verdanken hat!«

»Das ist sehr lange her«, sagte Roi Danton freundlich.

»Aber Sie tragen heute wieder diesen Namen«, wandte Lejure ein, »den wir nach wie vor in Ehren halten, Sir. Wir haben nichts vergessen!«

»Manchmal wäre es besser …«, begann der Unsterbliche mit abwesendem Gesichtsausdruck, dann glitt sein Blick in weite Fernen ab. Doch es dauerte nur zwei Sekunden, bis er wieder den Kopf hob und höflich erwiderte: »Es hat mich gefreut, Sie kennen zu lernen, Lejure

Makaam. Ich wünsche Ihnen viel Erfolg bei Ihrer Arbeit.«

»Danke, Sir«, antwortete Lejure mit glücklich grollender Stimme. »Ich werde Sie gewiss nicht enttäuschen!« Als sie erneut salutierte, stieß sie den Dreispitz vom Kopf, konnte ihn aber im letzten Moment auffangen und hoppelte dann eilig zu ihrem Arbeitsplatz zurück.

Lejure musste gar nicht Herb Ödgurs Reaktion abwarten, ihr wurde im nächsten Moment schlagartig bewusst, dass sie mit diesem Auftritt den Gipfel der Peinlichkeit erreicht hatte. Sie verstand nicht, was in sie gefahren war. Wie konnte sie sich nur so vergessen?

Tief beschämt, mit glatt angelegtem Fell und geknickten Ohren wandte die Rubinerin sich wieder ihrer Arbeit zu, ohne auf Herbs feixende Miene zu achten.

Zwei Stunden später kam Kammoss zu ihr. Zum ersten Mal seit ihrer Eskapade wagte Lejure es, wieder den Blick zu heben. Wie stets war das Gesicht des Aras unbewegt, nur seine Fistelstimme klang noch dünner als sonst. »Eine Programmänderung«, sagte er. »Wir haben von Roi Danton einen Eilauftrag erhalten, und dazu benötigen wir deinen Nanoroboter.« Kammoss tat, als wäre überhaupt nichts vorgefallen. »Wie weit bist du damit?«

Lejure setzte zum Sprechen an. Sie musste sich räuspern, bevor sie mit einigermaßen gefestigter Stimme herausbrachte: »Ich bin für eine Demonstration bereit.«

Kammoss forderte sie mit einer Handbewegung dazu auf, und Lejure führte das Ergebnis ihrer bisherigen Arbeit vor. Über dem Labortisch entstand ein Holo, das die winzige Maschine in millionenfacher Vergrößerung darstellte. Der stromlinienförmige Roboter sah aus wie eine Kreuzung zwischen einem Raumschiff und einem Virus. Der auf molekularer Basis arbeitende Quantenpulsantrieb bewegte den Roboter gezielt durch das Testmedium, während die Andockstellen auf der Vorderseite unablässig die chemische Zusammensetzung der Lösung prüften.

Der Ara hatte eine Menge zu kritisieren, von der Empfindlichkeit der Rezeptoren bis zur Zuverlässigkeit der Steuerung, die immer wieder mit dem Antrieb des Nanoroboters interferierte. Doch am Ende stellte er fest: »Er wird den Anforderungen genügen.« Kammoss legte einen Datenträger auf den Arbeitstisch. »Hier findest du die gewünschten Spezifikationen. Du hast nicht mehr als sechzehn Stunden, daher solltest du dich nur auf die Arbeit und sonst gar nichts konzentrieren. Wenn du unsicher bist oder Fragen hast, wende dich sofort an mich. Das Leben eines Agenten hängt von deiner Arbeit ab, also nimm es nicht auf die leichte Schulter.«

»Ja, Sir … danke, Sir«, stammelte Lejure und spürte, wie das Fell hinter ihren Ohren feucht wurde. Jetzt fehlte nur noch, dass ihre Ohren zu tropfen und die Nase zu laufen anfing. Andererseits hatte sie den Vorteil eines schützenden Fells. Lejure hatte schon mehrfach Menschen gesehen, deren Gesicht aus Verlegenheit rot anlief, und das war viel peinlicher. Am besten achtete sie einfach nicht mehr auf die Umgebung und widmete sich ganz ihrer Arbeit.

Kammoss schien das genauso zu sehen. Ohne weiteren Kommentar wandte er sich ab und kehrte an seinen Platz zurück. Lejure wusste, dass sein Rat, sich auf die Arbeit und nichts anderes zu konzentrieren, ein nur mäßig verhüllter Tadel gewesen war.

Die junge QuinTech fragte sich, was schlimmer war – das vorwurfsvolle Schweigen oder das versteckte Tuscheln und Kichern hinter ihrem Rücken, das ihre feinen Ohren sehr wohl auffingen. *Einen prächtigen Einstand hast du gegeben*, dachte sie frustriert. *Wahrscheinlich war dein erster Tag gleichzeitig dein letzter. Ist deine Erscheinung nicht schon auffällig genug? Musstest du dich derart blamieren?*

Nach Dienstschluss räumte Lejure Makaam hastig ihren Arbeitsplatz auf und verschwand aus dem Labor, ohne auf die anderen zu achten, die lachend und schwatzend zusammenpackten. Herb rief ihr etwas nach, aber sie tat, als hätte sie nichts gehört. Nur raus, nichts wie raus hier!

Sie stürmte zu ihrem Quartier, riss die Kombination herunter und schlüpfte in bequeme Trainingskleidung, die wie die übrige Garderobe mit einer großen Bauchtasche ausgestattet war. Nach kurzem Zögern zog Lejure den zusammengefalteten Dreispitz aus der Kombination und stopfte ihn in die Tasche. Seit sie ihn als kleines Kind auf dem Feiertagsumzug zum ersten Mal getragen hatte – er musste damals ausgestopft werden und war ihr trotzdem über die Ohren gerutscht –, hatte sie den Hut immer dabei, egal wohin sie ging. Und jetzt erst recht.

In der großen Fitnesshalle in der Nähe ihres Quartiers tobte Lejure sich gründlich aus. Dabei hielt sie sich bewusst von allen anderen fern. Trotzdem hatte sie das Gefühl, dass jeder sie beobachtete, was natürlich Unsinn war. Der Mond Quinto-Center, der seine einsame Bahn durch den Leerraum zog, hatte einen Durchmesser von 62 Kilometern. Der ausgehöhlte Innenraum erstreckte sich über 50 Kilometer. Es gab 500 Hauptdecks mit jeweils einhundert Metern Höhe, die in unzählige Sektionen unterteilt waren. Mindestens eine Viertelmillion Lebewesen hielten sich hier auf. So bedeutend konnte Lejures Auftritt nicht gewesen sein, dass jeder ihn zur Kenntnis genommen hatte.

Zurück in ihrer Unterkunft, stellte Lejure sich unter die Spezial-Ultraschalldusche und besprühte ihr Fell anschließend mit leicht parfümiertem, hauchfeinem Öl. Sie schüttelte sich, strich über die weichen Grannenhaare und war zufrieden. Und wieder einigermaßen mit der Welt versöhnt. Jetzt hatte sie Freizeit; sie konnte die trüben Gedanken vergessen und sich auf Lorry Quay freuen.

»… kannst du dir das vorstellen, Lorry? Ich war wie von Sinnen! So benimmt sich doch kein USO-Angehöriger! Wenn meine Familie davon erfährt … kann ich mich nie mehr daheim blicken lassen!« Lejure hatte sich in Fahrt geredet, sie gestikulierte heftig mit den kurzen, kräftigen Armen. Nach dem gelungenen Auftakt des Abends mit einem köstlichen Essen war Kadett Lorry Quay der fatale Fehler unterlaufen, nach Lejures erstem Arbeitstag zu fragen. Zuerst hatte sie herumgedruckst, doch dann war alles aus ihr herausgeplatzt.

Lorry unterdrückte ein glucksendes Lachen. Er war

ein über zweieinhalb Meter großer Scü, Nachfahre flugunfähiger Laufvögel, deren Flügel sich zu Armen mit geschickten Händen entwickelt hatten. Er stammte aus Thantur-Lok, hatte aber mit der Politik Arkons nie etwas anfangen können. Er hielt Imperator Bostich für einen größenwahnsinnigen Irren mit Heilsbringersyndrom, der seiner Ansicht nach unbedingt aufgehalten werden musste. Lorry durchlief im Rahmen seiner Ausbildung zum Spezialisten gerade »Monkeys Hölle« und freute sich daher stets auf die entspannenden Stunden mit Lejure.

»Nun fang dich wieder, Mädchen«, sagte er tröstend. »So schlimm war es doch gar nicht. Du hast einfach nur deine Verehrung für Roi zum Ausdruck gebracht und dich ein wenig von der Begeisterung mitreißen lassen. Man weiß doch, wie impulsiv und überschwänglich Rubiner sind! Bestimmt hat das jeder schon wieder vergessen.«

»Und wenn nicht? Ich meine, wenn ich nicht den Rubiner-Bonus hätte, sondern beispielsweise eine Terranerin wäre, was wäre dann?«

Lorry klapperte erheitert mit dem gelben Schnabel. »Dann könntest du dich hier nirgendwo mehr blicken lassen, so viel steht fest.«

Lejure ließ betont theatralisch den Kopf mit dem Gesicht voran auf den Tisch fallen. »Ich bin am Ende ...«, stöhnte sie dumpf. »Meine Karriere kann ich vergessen ... Am besten stehle ich heute noch eine Space-Jet und haue ab ...«

»Unsinn, mein kleines Holzköpfchen«, schnatterte Lorry. Zärtlich strich er ihr mit dem Schnabel über den Nacken und blies sanft in ihr halb aufgerichtetes Ohr.

»Was soll ich denn ohne dich machen? Niemand kann meine Federn so gut aufschütteln wie du. Denkst du, ich würde meinen nackten Bauch jedem zeigen?« Wie jeder Scü besaß er gelbliche bis rötlich braune, an den Spitzen dunkel umrandete Federn, die den Körper außer am Hals, am Bauch und an den Beinen bedeckten. Der nackte, verletzliche Bauch galt bei den Scü als anstößig und wurde durch einen Harnisch geschützt, der nur in intimen Momenten abgenommen wurde.

Lejure hob langsam den Kopf und strich den feinen Flaum an ihrer kleinen Schnauze glatt. »Ob Kammoss mich rauswirft?«

»So ein Unsinn, natürlich nicht! Das war ja nicht mal Insubordination, sondern schlicht unpassendes Verhalten. Am besten sollten wir gar nicht mehr darüber reden, es regt dich viel zu sehr auf.«

»Eine gute Idee.«

»Außer vielleicht …«

Lejure seufzte. »Was?«

»Wie kam es überhaupt dazu? Weshalb hat dich Roi Dantons Anblick so sehr aus der Fassung gebracht?«, fragte Lorry.

»Richtig, du kommst ja aus der *JWD-Galaxis* …«

»He! Immerhin habe ich den Weg hierher gefunden, kaum dass sich mein Jugendkleid gemausert hatte!«

Lejure lachte. »So ähnlich war es auch bei mir. Aber im Gegensatz zu dir hatte ich es nicht ganz so weit. Rois System liegt nur knapp dreitausend Lichtjahre von Sol entfernt. Rubin ist der dritte Planet, sehr warm und überwiegend trocken. Du müsstest dich dort eigentlich wohl fühlen.«

»Es klingt zumindest verlockend«, stimmte Lorry zu.

»Jedenfalls entdeckte Roi Danton in seiner damaligen Funktion als Freihändlerkönig im Jahr 2435 alter terranischer Zeitrechnung auf Rubin Howalgonium«, erzählte Lejure. »Das war für uns der Sprung in die moderne Zeit. Wir lebten noch in sehr primitiven Verhältnissen und hatten nicht viel mehr als Steinwerkzeuge. Wir verdanken Roi Danton alles, und dafür verehren wir ihn noch heute. Unsere Vorfahren hielten ihn für eine Art Gott, und das hat sich im Gedächtnis unseres Volkes erhalten.«

»Findest du nicht, dass ihr ihn etwas zu sehr hochstilisiert?«, warf Lorry skeptisch ein.

»Das würdest du nicht sagen, wenn du seine Geschichte so gut kennen würdest wie ich«, erwiderte Lejure. »Er ist ein großer Mann, hat sehr oft im Widerstand gekämpft und sich immer für das Wohl der Galaxis eingesetzt. Ihm ist jedes noch so unbedeutend erscheinende Lebewesen wichtig. Vor nicht allzu langer Zeit, als die Tote Zone entstand, also vor etwas mehr als hundert Jahren, da hat er meinem Volk erneut geholfen. Während der Hyperraum-Parese entstand auf Rubin die technikfeindliche Neue Sekte, deren Geisterglauben sich viele Rubiner anschlossen. Sie hätte unser Volk beinahe wieder in die Steinzeit zurückgeworfen, aber Roi hat den Rubinern bewusst gemacht, dass sie sich einem Irrglauben hingegeben hatten. Und er hat uns beschützt, als der Planet aus der Toten Zone driftete.«

»Aber das ist doch auch schon recht lange her.«

»Vergiss nicht die Gruppe Sanfter Rebell, während der Zeit, als Bostich Terra besetzte.«

Lorry stellte die Federkrone auf. »Lejure, so makellos

sauber kann niemand sein. Und wenn meine Allgemeinbildung mich nicht täuscht, hat Roi Danton vor gar nicht allzu langer Zeit eine Wandlung durchgemacht, die dein positives Bild stark beeinträchtigt.«

»Ja, ich weiß«, gab Lejure mit zuckender Nase zu. »Shabazza machte ihn zu Torric, dem Herrn der Zeiten. Er verlor seine Identität und wurde zu einem Handlanger des Bösen. Aber daran war der implantierte Konditionierungschip schuld! Er trieb ihn in den Wahnsinn und hätte ihn fast das Leben gekostet.«

»Und du bist dir sicher, meine Liebe, dass seine Genesung hundertprozentig positiv verlaufen ist?«

»Wie meinst du das?«

»Soweit ich weiß, war nach der körperlichen Heilung sein Geist noch lange Zeit zerrüttet.«

»Natürlich! Er musste damit fertig werden, als grausamer Massenmörder in die Geschichte eingegangen zu sein!«

Lorry ergriff Lejures Hand. »Siehst du«, sagte er sanft. »So etwas verändert einen. Weshalb sonst nennt er sich heute wieder Roi Danton? Es gibt keinen Beweis, dass er immer noch derselbe aufrichtige gute Mann ist, als der er vor gut zweieinhalbtausend Jahren auf Rubin gelandet ist.«

»Aber ich bin mir sicher«, widersprach Lejure. »Du hättest ihn sehen sollen! Sein Anblick, seine Aura … es hat mich einfach überwältigt. Ich kann es nicht anders sagen.«

»So ging es mir auch einmal anlässlich einer Ansprache von Imperator Bostich«, sagte Lorry leise. »Als mir klar wurde, dass er mich fast herumgekriegt hatte, packte ich meine Sachen und verließ meine Heimat. Verstehst du, was ich meine?«

Lejures Tasthaare an der Nasenspitze zitterten. »Jeder, der ein solches Charisma besitzt, ist gefährlich«, sagte sie langsam. »Das gilt vor allem für die Unsterblichen, selbst für seinen Vater Perry Rhodan. Aber ich vertraue Roi Danton trotzdem, auch wenn du es für kindisch hältst, weil er sehr viel für mein Volk getan hat. Und … Monkey tut es auch … Ihm vertrauen, meine ich. Oder hat es vielmehr getan.«

»Ja, Roi Danton ist natürlich sehr wichtig geworden, nachdem Monkey mit der SOL aufgebrochen ist und erst in ein paar Jahren – wenn überhaupt – zurückkehren wird. Das versetzt ihn in eine herausragende Position.«

Lejure seufzte. »Ist dir klar, wie paranoid das klingt? Deine Theorie hört sich gut an, hat aber einen Haken: Rois Aufpasser namens Darius Fynn.«

»Inwiefern?«, fragte Lorry.

»Er ist so … Ich weiß nicht. Ich glaube, er vertraut niemandem. Bei seinem Anblick sträubt sich mir das Fell, wenn du verstehst, was ich meine.«

»Sehr gut sogar. Ich muss zugeben, dass es mir ähnlich geht. Hm. Jedenfalls ist es ein gutes Argument. Fynn scheint ein knochenharter Kerl zu sein. Aber er ist auch ein absoluter Profi, hat fast den höchstmöglichen Abschluss erreicht, ein sehr korrekter Mann. Er genießt hohes Ansehen und Vertrauen, nicht umsonst ist er Leutnant und Roi Dantons Berater geworden.«

»Immerhin hat er meinen Auftritt sehr missbilligt, und ich denke, wenn Roi nicht dabei gewesen wäre, hätte er mir das Fell über die Ohren gezogen.«

Lorry Quay plusterte die Federn auf und schüttelte sich. »*Ai*, jetzt ist aber Schluss. Lass uns von Erfreulicherem reden, mein Weichschnäuzchen.«

Lejure Makaam war ganz seiner Meinung. Ihre Laune hatte sich wesentlich gebessert. Es hatte ihr gut getan, mit ihrem engsten Freund darüber zu sprechen. Es ging ohnehin auf Mitternacht zu, und die Stimmung im Freizeit-Restaurant war entsprechend gelöst und fröhlich. Fast nur Kadetten hielten sich hier auf, die ebenso wie Lorry die harte Ausbildung in Monkeys Hölle durchliefen. Sie erholten sich von den Strapazen, lenkten sich ab und tankten neue Kräfte. Den angehenden Spezialisten wurde nicht nur körperlich, sondern auch mental alles abverlangt, und so mancher hätte den Stress ohne diese Ablenkung vielleicht nicht durchgehalten. So aber konnten sie Abstand gewinnen und sich entspannen, um den neuen Anforderungen gewachsen zu sein.

Neben dem Restaurantbetrieb befand sich die Bar mit Musik unterschiedlicher Stilrichtungen aus der ganzen Milchstraße, zu der ausgelassen getanzt wurde.

Nur einer schien sich überhaupt nicht zu amüsieren. Lejure bemerkte in ihrer Nähe einen Mann, der allein an einem Tisch saß und still grübelnd in ein halb volles Cocktailglas starrte. Er machte einen blassen, müden Eindruck, die Augen lagen tief in den dunklen Höhlen. Was suchte er hier, wenn es ihm keinen Spaß machte?

Lejure stutzte plötzlich. »Lorry … kennst du den Mann dort drüben?«

Lorrys Augen folgten ihrem Fingerzeig. »Na klar, die Ausbilder erzählen gelegentlich von ihm. Markus Fall, ein absoluter Einzelgänger, der einige gefährliche Einsätze überstanden hat. Wir haben schon mal mit einer Simulation nach seinen Vorgaben trainiert.«

»Entschuldige mich einen Moment, Lorry. Ich muss unbedingt mit ihm sprechen.«

»Warum? Lejure, wollen wir nicht …«

Aber Lejure war schon aufgestanden und steuerte Markus Falls Tisch an.

»Verzeihung, ich will Sie nicht stören, aber darf ich mich einen Moment zu Ihnen setzen?« Lejure Makaam hatte wie alle Rubiner eine sehr direkte Art, jemanden anzusprechen.

Markus Fall sah überrascht auf und reagierte keineswegs erfreut auf ihren Anblick. »Ich möchte allein sein.«

»Das verstehe ich, Sir, aber es geht um Ihren Auftrag.«

Falls Miene wurde noch düsterer. »Hat das nicht Zeit bis morgen?«

»Sicher«, stimmte Lejure zu, »aber … ich wollte die günstige Gelegenheit nutzen. So kann ich morgen ohne Verzögerung weiterarbeiten, denn ich habe nicht mehr viel Zeit. Die Vorgabe ist sehr knapp.«

»Na gut. Setzen Sie sich.« Markus Fall machte eine Geste, die halbwegs einladend wirkte.

Lejure berührte ein Sensorfeld auf dem Tisch und aktivierte einen Formenergiesessel. Da Fall keine Anstalten machte, seinen Sitz zu erhöhen, wählte sie eine flache, knapp über dem Boden schwebende Form und ließ sich hineinfallen. Vorläufig wollte sie noch nicht darüber nachdenken, wie sie aus dieser unbequemen Haltung wieder hochkommen sollte.

Der Mann musterte sie kritisch. »Sie sind der impulsive Neuling, nicht wahr?«

»Ähm … ja. Es hat sich schon bis zu Ihnen herumgesprochen?«

»Ja.«

Allmählich wurde Lejure nervös. Sie fühlte sich in der Nähe dieses Mannes noch unbehaglicher als in Gegenwart Darius Fynns. Es wäre das Beste, wenn sie schnell zur Sache kam und wieder verschwand. Markus Fall war kein Freund höflicher Konversation. Wahrscheinlich hatte er überhaupt keine Freunde. »Es geht um diesen Nano … Ist Ihnen nicht gut?«

Markus Fall musste niesen. Er nestelte ein Taschentuch hervor und blies kräftig hinein. Anschließend hustete er trocken. »Kümmern Sie sich nicht um mich, mir geht es gut. Aber nun strapazieren Sie meine Geduld nicht länger.«

Was für ein Unsympath!, dachte Lejure ungehalten. Rubiner waren im Allgemeinen sehr gutmütig und freundlich, aber solche Begegnungen konnten ihr durchaus die Stimmung verderben. »Ich konstruiere den Nanoroboter, den Sie auf Ihren Einsatz mitnehmen, und habe noch ein paar Fragen dazu, damit auch wirklich alles passt. Stimmt es, dass Sie in ein Drogenlabor auf Lepso eingeschleust werden sollen?«

»Darüber spricht man nicht in der Öffentlichkeit. Haben Sie das in Ihrer Ausbildung nicht gelernt? Jeder Einsatz ist streng geheim.« Markus Fall schob mit einer unwirschen Geste das Cocktailglas von sich. »Hören Sie, die

USO akzeptiert keine halben Sachen. Entweder sind Sie für den Auftrag geeignet, dann führen Sie ihn durch, oder Sie lassen es bleiben.«

»Ich möchte meine Leistung gern optimieren«, versetzte Lejure betont ruhig. »Sie haben Recht, ich habe keine Erfahrung. Und aus diesem Grund will ich gern welche sammeln. Kammoss hat mich für diesen Auftrag ausgewählt, also hält er mich wohl für geeignet. Aber er schreibt mir nicht vor, *wie* ich meine Arbeit zu tun habe, und das, bei allem Respekt, können auch Sie nicht. Es ist nämlich so, dass mir einige Daten, die ich erhalten habe, nicht ganz stimmig scheinen. Darüber möchte ich mit Ihnen sprechen, bevor wir auf dem Dienstweg unnötig Zeit verlieren. Schließlich geht es um Ihre Sicherheit – und um den Erfolg des Auftrags.«

Markus Fall lehnte sich zurück und betrachtete Lejure düster. Dann nickte er plötzlich. »Also gut. Fragen Sie!«

Das Eis war zwar noch nicht gebrochen, aber Lejure erhielt die gewünschten Antworten, wenn auch auf sehr einsilbige Weise. Zumindest hatte sie jetzt eine ungefähre Ahnung, um welche Art von Drogen es ging, so dass sie die Rezeptoren ihres Nanos entsprechend kalibrieren konnte.

Nach der letzten Frage trat wieder eine längere Gesprächspause ein, in der die QuinTech ihre Gedanken ordnete, um nichts zu vergessen.

Plötzlich ging ein Ruck durch Markus Fall, als hätte ihn etwas getroffen. Er fuhr hoch. Sein Gesicht sah noch verstörter aus als zuvor, und er starrte Lejure aus seltsam fiebrigen Augen an. »Das war es …«, murmelte er kaum verständlich und völlig unzusammenhängend. »Ich wusste, ich hätte es nicht tun sollen. Ich muss es sagen … vielleicht kann ich noch etwas retten … so geht es nicht weiter …«

»Was?«, fragte Lejure.

Markus Fall reagierte nicht. Wie von Furien gehetzt sprang der Spezialist auf und stürzte davon.

3.

Quinto-Center, 1. Juli 1318 NGZ

Lejure Makaam blieb einen Moment verdattert sitzen. Nun begriff sie überhaupt nichts mehr. Sie schaute zu ihrem Tisch, aber Lorry hatte offenbar das Warten satt gehabt und war gegangen. Hoffentlich war er nicht zu sehr beleidigt. Lejure überlegte, was sie tun sollte. Über Markus Falls seltsames Benehmen Meldung erstatten? Oder zuerst mit Lorry darüber sprechen? Irgendetwas stimmte hier nicht.

Mühsam kämpfte sie sich aus dem Sessel hoch. Dabei machte sie keine gute Figur und hörte ein unterdrücktes Prusten vom Nachbartisch. Sie wollte gerade eine Bemerkung fallen lassen, als ihr Blick auf die Tischplatte fiel, auf den verschmierten Abdruck von drei Fingern, in der Farbe von … Blut! Markus Fall hatte diesen Abdruck hinterlassen. Blut? Oder war es nur Schmutz?

Lejure kam nicht mehr dazu, sich zu vergewissern. Ein Serviceroboter war bereits damit beschäftigt, das Cocktailglas wegzuräumen und den Tisch abzuwischen. Es ging so schnell, dass Lejure ihn nicht mehr aufhalten konnte. *Verdammt!*

Was nun? Lejure blickte auf die Uhr. Es war schon fast halb eins. Die Gäste verließen nacheinander das Etablissement, die meisten mussten früh zum Dienst.

So kann ich auf keinen Fall schlafen gehen. Ich muss wis-

sen, was los ist. Am besten war es, wenn sie Markus Fall direkt zur Rede stellte, um dann zu entscheiden, was geschehen sollte. Wenn er sich weiterhin so seltsam benahm, musste sie Meldung über ihn machen, denn in diesem Zustand konnte man ihn nicht in den Einsatz schicken. Auch auf die Gefahr hin, dass sie sich wieder einmal unbeliebt machte – aber die QuinTech hatte sich ihrem Beruf mit ganzem Herzen verschrieben, sie fühlte sich verantwortlich. Von USO-Angehörigen wurden eigenständige Entscheidungen erwartet.

Lejure verließ die Bar und ging zum nächsten Wegweiser. Durch leichtes Antippen des Sensorfeldes aktivierte sie die Hinweistafel. Eine künstliche Stimme, die auf freundlichen Tonfall programmiert war, fragte nach ihren Wünschen.

»Das Quartier von Markus Fall, bitte.«

Sofort erhielt sie die angeforderte Information und prägte sich den kürzesten Weg ein, der auf dem Bildschirm dargestellt war. Auf solche Daten hatte jeder USO-Mitarbeiter Zugriff. Innerhalb von Quinto-Center gab es nur einen Bereich, über den keine öffentliche Auskunft erteilt wurde: den Zentralbunker, eine Kugel von 400 Metern Durchmesser, in dem sich die Kommandozentrale und die Privatunterkünfte der Führungsmannschaft befanden.

Knapp fünf Minuten später hatte Lejure das Quartier des Spezialisten erreicht. Unwillkürlich verlangsamte sie ihre Schritte, als sie gedämpfte Stimmen auf dem Gang hörte. Doch es kam ihr niemand entgegen.

Die Wortfetzen drangen aus Falls Quartier, dessen automatische Tür nicht geschlossen war. Lejure spähte vorsichtig um die Ecke und sah ein totales Durcheinander, als hätte jemand etwas gesucht – oder wäre in großer Eile.

»Sie haben mich hereingelegt …«, verstand Lejure. Markus Falls Stimme war kaum mehr als ein heiseres Flüstern.

Die Antwort bestand aus einem schnarrenden Krächzen. Lejures Ohren stellten sich steil auf, sie verstand jedoch nicht mehr als »… zu spät.«

»Was Sie vorhaben, ist Wahnsinn! Ich werde es nicht zulassen …« Falls Stimme veränderte sich abrupt in ein heiseres Röcheln. Dann hörte Lejure ein dumpfes Poltern. Sie erschrak und lief, ohne lange darüber nachzudenken, in das Quartier.

Markus Fall lag in einer dunkelroten Lache auf dem Boden. Aus Augen, Nase und Mund strömte Blut. Und überall auf der Haut bildeten sich kraterförmige Löcher, aus denen Gewebeflüssigkeit hervortrat. Er versuchte sich aufzurichten, aber er hatte nicht mehr genug Kraft. Als Lejure auf ihn zusprang, hielt er abwehrend eine blutende Hand hoch. »Nicht … nicht näher!«, keuchte er. Dann fiel er mit einem hässlichen knackenden Geräusch in sich zusammen. Lejure wurde übel. Markus Fall schien kein normales Knochengerüst mehr zu haben, er lag wie eine formlose Masse auf dem Boden, zuckend und blutend.

Lejure hechtete mit einem kraftvollen Satz über den sterbenden Mann hinweg, aktivierte den Interkom und gab Alarm.

»Sie müssen …«, stieß Markus Fall blubbernd hervor, »es darf nicht geschehen …«

Dann stieß er einen so grauenvollen Schrei aus, dass Lejure sich vor hilflosem Entsetzen die Ohren zuhielt und die Augen schloss. Wenige Sekunden später, als sie nichts mehr hörte, hob sie die Lider und schämte sich für ihre Schwäche.

Aber Lejure musste sich keine Vorwürfe machen, denn sie hätte ohnehin nichts tun können.

Das, was einmal Markus Fall gewesen war, lag nun völlig still da.

Zwei Minuten später traf eine Medikerin mit zwei Medorobots ein, aber sie konnte nur noch den Tod feststellen.

Lejure Makaams Ohren waren schweißnass vor Erregung. »Ich … ich weiß nicht, was hier geschehen ist …«, stotterte sie, als die Medikerin eine Erklärung von ihr hören wollte. »Ich habe ihn so vorgefunden …«

Die Medikerin schüttelte den Kopf. »So etwas habe ich noch nie gesehen.« Sie aktivierte den Armbandfunk und ließ das Labor, in dem Markus Fall untersucht werden sollte, unter Quarantäne stellen. »Sie kommen auch mit«, sagte sie zur QuinTech.

»Was vermuten Sie?«, fragte Lejure besorgt.

»Im Augenblick noch gar nichts, und das macht mich nervös. Wie gesagt ist mir so ein Fall noch nie untergekommen. Deshalb will ich ganz sichergehen. Außerdem brauche ich von Ihnen noch eine genaue Beschreibung, was Sie gesehen haben. Jedes Detail ist wichtig, wenn wir verstehen wollen, was mit dem armen Kerl passiert ist.«

Vier Stunden später verlangte die Medikerin nach Roi Danton.

Der Oberstleutnant und derzeitige Chef der USO ließ sich nicht anmerken, ob er ungehalten über die frühe Störung war. Er erschien frisch und ausgeruht, mit einem Lächeln auf den Lippen – das sich zuerst in Überraschung verwandelte, als er Lejure Makaam erkannte, und dann in Besorgnis, als er das übermüdete Gesicht der Medikerin sah. »Mir ist klar, dass es einen wichtigen Grund geben muss, wenn Sie nicht bis zum Dienstbeginn warten können. Kommen wir also gleich zur Sache, damit Sie sich anschließend hinlegen können. Sie sehen schrecklich aus.«

»So schnell ist nicht an Schlaf zu denken«, versetzte die Medikerin und streckte Roi Danton die Hand hin. »Doktor Lorana Franklin, Sir. Ich wurde auf Olymp rekrutiert, wie man so schön sagt, und arbeite seit zwei Jahren in Quinto-Center.«

»Schade, dass wir uns auf diese Weise kennen lernen, Doktor.« Roi Danton ergriff ihre Hand.

Lejure bemerkte, dass ein warmer Glanz in die Augen des Unsterblichen trat, als er die Medikerin betrachtete. Lejure wusste, was das zu bedeuten hatte. Sie lebte lange genug unter Menschen, um beurteilen zu können, ob ein Mann oder eine Frau hübsch oder anziehend auf Artgenossen wirkte. Lorana Franklin war einen halben Kopf kleiner als Roi Danton, hatte langes, gelocktes schwarzes Haar, ein fein gezeichnetes Profil, eine seidig schimmernde Haut und trotz der Übermüdung glutvolle schwarze Augen.

Im Grunde genommen gab es zwischen Mammalia und

Marsupioiden keine sehr großen Unterschiede, wie sie zum Ausdruck brachten, dass sie voneinander angetan waren. Das galt übrigens auch für Avenoide, wie Lejure schon bei der ersten Begegnung mit Lorry festgestellt hatte, und mit Einschränkungen für Reptiloide. Auch wenn der Moment noch so schlecht gewählt war, die Katastrophe unmittelbar bevorstand – es blieb immer Zeit, für einen Herzschlag innezuhalten.

War dieser flüchtige Moment zwischen den beiden Menschen das Zeichen, dass sich die Katastrophe unaufhaltsam näherte?

Lejure Makaam, die Rubinerin, gerade erst mit der Ausbildung fertig geworden, hatte auf einmal das Gefühl, am Abgrund zu stehen. Sie war mit ihren großen Füßen in diese Sache hineingestolpert, und nun drohte sie das Gleichgewicht zu verlieren. Ihre Familie hatte ursprünglich verlangt, dass sie einen Händler aus einer konkurrierenden Sippe heiratete, um eine Allianz zu besiegeln, die wirtschaftlichen Segen bringen sollte. Einzelne mussten Opfer für das Wohl aller bringen. Mit solchen fadenscheinigen Argumenten war Lejure moralisch unter Druck gesetzt worden.

Zum Glück hatte sie sich davon frei machen können und war ihren eigenen Weg gegangen. Doch nun fragte Lejure sich, ob sie nicht übereilt gehandelt hatte. Sie hatte bei Nacht und Nebel alles im Stich gelassen und sich als QuinTech beworben. Ob sie wirklich den Anforderungen einer Karriere in Quinto-Center gewachsen war, würde sich bald zeigen.

»Der Tod von Markus Fall ist absolut rätselhaft«, begann Dr. Lorana Franklin ihre Ausführungen. »Bevor ich Ihnen die Leiche zeige, möchte ich die bisherigen Ergebnisse der Autopsie zusammenfassen.«

Roi Danton nickte nur.

»Spezialagent Markus Fall war bis vor wenigen Stunden völlig gesund. Bis auf ein paar Staphylokokken an einer winzigen, verkapselten Wunde am rechten Mittelfinger. Die vor kurzem durchgeführte standardmäßige Untersuchung, der sich jeder Agent nach der Rückkehr von einer Mission unterziehen muss, hat nichts ergeben. Er war in Topform.«

»Das war mir bekannt. Deswegen wollte ich ihn in den nächsten Tagen wieder in einen Einsatz schicken«, sagte Roi Danton. »Und woran ist er nun gestorben?«

»An inneren Blutungen«, antwortete die Medikerin. »Seine Organe haben sich aufgelöst, die Knochen sind zersplittert, er ist quasi von innen explodiert. Wie das geschehen konnte, ist mir unerklärlich. Wir sind immer noch dabei, sein Blut zu analysieren.«

»Vielleicht Gift?«, spekulierte Roi Danton. »Es macht mich misstrauisch, dass es ausgerechnet Markus Fall erwischt hat, unmittelbar nachdem er einen neuen Einsatzbefehl erhalten hat.«

»War sein Auftrag allgemein bekannt?«

»Nein, es gibt nur wenige Eingeweihte. Beispielsweise die wissenschaftliche Abteilung, in der auch Lejure Makaam arbeitet.« Roi Danton wandte sich der Rubinerin zu. »Ein seltsamer Zufall.«

Lejures Wangenfell sträubte sich. »Sir, glauben Sie etwa, dass ich …?«

»Im Augenblick glaube ich gar nichts, Lejure, und noch weniger weiß ich. Ich möchte Klarheit in die Angelegenheit bringen. Was haben Sie mit Markus Fall zu tun? Wieso waren Sie bei ihm, als er starb?«

Lejure schilderte bereitwillig, was geschehen war. »Das ist alles, was ich damit zu tun habe, Sir.«

»Ich habe Lejure gescannt«, warf die Medikerin ein. »Das ist Routine bei Zeugen mysteriöser Todesfälle. Aber es hat sich nichts ergeben.«

»Wir stehen also nach wie vor am Anfang«, überlegte Roi Danton laut. »Markus Fall ist tot, und wir wissen nicht, wieso.« Er erhob sich. »Zeigen Sie ihn mir jetzt!«

»Ja, Sir. Aber ich muss Sie warnen! Er ist kein schöner Anblick.«

Die Medikerin ging voran und führte den Oberstleutnant und die QuinTech in einen Beobachtungsraum mit großen Fenstern. »Bitte sehen Sie sich die Sache von hier aus an. Das ist Vorschrift. Es besteht die Gefahr der Kontaminierung, die das Ergebnis verschleiern könnte.« Mit einem Blick auf Lejure fügte sie hinzu: »Oder umgekehrt.«

Dr. Franklin zog einen Schutzanzug an und betrat das Labor, in dem der Leichnam aufgebahrt lag. Das einstmals weiße Laken war fleckig und blutig. Darunter zeichnete sich eine unförmige Masse ab, die keinerlei Ähnlichkeit mit menschlichen Körperumrissen hatte.

Lejure stieß einen erstickten Laut aus, als die Medikerin das Laken wegzog. »Ich glaube, mir wird schlecht«, flüsterte sie und stützte sich Halt suchend an der Sichtscheibe ab. Markus Fall sah noch schrecklicher aus als in ihrer Erinnerung. Dieser Anblick würde ihr zweifellos wochenlang Alpträume bereiten.

Aber auch Roi Danton zeigte eine Reaktion. »Mon Dieu!«, entfuhr es ihm.

Lejure blinzelte. »Wie bitte?« Erschrocken sah sie, dass das Gesicht des Unsterblichen jede Farbe verloren hatte. Automatisch erhöhte sich Lejures Pulsschlag. Wenn selbst Roi Danton schockiert war …

»Nein, schon gut«, sagte er. »Ich erinnerte mich gerade an … Nein. Es ist so … manchmal spielt mir mein Gedächtnis, das schon zu viele Erinnerungen enthält, einen Streich. Alles in Ordnung.« Er schüttelte den Kopf, schloss die Augen und rieb sich die Nasenwurzel.

Lejure bekam es mit der Angst zu tun. »Sir?«

»Es war richtig, zuerst mit Ihnen zu sprechen, nicht wahr, Sir?«, erklang Lorana Franklins gedämpfte Stimme über Lautsprecher.

Roi Danton straffte sich plötzlich, und sein Gesicht nahm einen undurchdringlichen Ausdruck an. »Kommen Sie raus da, Lorana! Die Quarantäne für das Labor bleibt bestehen. Ich besorge Ihnen die besten Spezialisten für die weiteren Untersuchungen.«

Lejure Makaam lagen eine Menge Fragen auf der Zunge, aber sie wagte es nicht, ein Lebenszeichen von sich zu geben.

Roi Danton ging zu einem Kommunikationsterminal und weckte Darius Fynn.

»Probleme, Sir?« Das Gesicht des Leutnants wirkte leicht zerknittert, aber die Augen waren so hellwach und kalt wie immer.

Roi Danton nickte. »Wir müssen rekonstruieren, was Markus Fall seit seinem letzten Einsatz getan hat, und zwar haarklein, bis ins letzte Detail. Machen Sie sich bitte sofort an die Arbeit, die Gründe erkläre ich Ihnen später. Und veranlassen Sie eine Sperrung aller Transportwege – Sicherheitsschotten, Transmitter, Hangars. Vorläufig darf niemand das Deck verlassen, auf dem er sich befindet.«

»Mit welcher Begründung, Sir?«

»Lassen Sie sich was einfallen, Leutnant, das ist Ihr Fachgebiet.«

»Verstanden, Sir. Ich werde sofort alles Nötige veranlassen.« Darius Fynn trennte die Verbindung.

Dr. Franklin hatte inzwischen die Reinigungsprozedur hinter sich gebracht und war in den Beobachtungsraum zurückgekehrt. »Also ist es vermutlich kein Gift?«

»Ich fürchte, nein«, antwortete Roi Danton düster. »Sie hatten Recht, ich habe etwas Ähnliches schon einmal gesehen. Es ist lange her, aber ...«

»Verzeihung, worum geht es eigentlich?«, mischte sich Lejure ein, als sie sich nicht mehr zurückhalten konnte.

Die Medikerin sah sie an. »Ist das nicht offensichtlich? Markus Fall hat ein Virus eingeschleppt. Ein sehr tödliches Virus.«

4.

Quinto-Center, 2. bis 6. Juli 1318 NGZ

Lejure protestierte heftig, als sie erfuhr, dass sie bis auf weiteres das Labor nicht verlassen durfte.

»Es tut mir Leid, aber solange Sie als mögliche Überträgerin gelten, müssen wir Sie hier behalten!«, entgegnete Lorana Franklin gereizt.

Lejure ließ nicht locker. »Trotzdem muss ich mich bei Lorry melden. Er würde sich Sorgen machen, wenn ich einfach verschwinde. Schließlich haben wir es hier nicht mit arglosen Zivilisten zu tun.«

»Also gut, rufen Sie ihn an. Lassen Sie sich eine Ausrede einfallen.«

Sie versuchte es zuerst in Lorrys Quartier, aber dort war er nicht zu erreichen. Wartete er etwa in ihrer Unterkunft auf sie? Tatsächlich, er antwortete sofort.

Lorry klapperte beleidigt mit dem Schnabel, als er Lejure im Empfangsholo erkannte. »Du hast Glück gehabt, ich wollte gerade gehen! Was ist nur in dich gefahren, mich stundenlang warten zu lassen?«

»Tut mir ehrlich Leid, Lorry, aber es ging nicht anders«, versuchte Lejure ihren Freund zu besänftigen. »Ich habe erst jetzt die Gelegenheit erhalten, mich zu melden. Mein Auftrag hat größere Ausmaße angenommen und verlangt strengste Geheimhaltungspflicht.« Ihre Stimme wurde zu einem Flüstern, und sie sah sich verstohlen um, ob jemand zuhörte. »Stell dir vor, ich arbeite direkt für Roi Danton!«

»Dein Auftritt muss ihn schwer beeindruckt haben.«

»Anscheinend hat er immer noch eine Schwäche für Rubiner. Oder weil ich den Nanoroboter baue. Jedenfalls hat er mich in alles eingeweiht. Aber das heißt, dass ich die ganze Zeit hier bleiben muss. So verlangen es die Sicherheitsvorschriften.«

»Ich verstehe. Hat es etwas mit der allgemeinen Sperrung zu tun, die vor kurzen verhängt wurde?«

»Sperrung?«

Lorry plusterte die Wangenfedern auf. »Sag bloß, das hast du gar nicht mitbekommen!«

»Nein«, log Lejure und fühlte sich elend. Es fiel ihr unglaublich schwer, das schreckliche Geheimnis für sich behalten zu müssen. »Was ist passiert?«

»Anscheinend ist mal wieder jemand auf der Suche nach Quinto-Center und treibt sich in der Nähe herum. Zurzeit gilt Sicherheitsstufe zwei. Wir dürfen unser Deck nicht verlassen, und es gehen keine angemeldeten Funkrufe mehr raus. Auch die Hangars sind gesperrt ... Du kennst ja die übliche Prozedur.«

»Das könnte tatsächlich mit meinem Auftrag zusammenhängen.« Wenigstens war es keine richtige Lüge. »Und das an meinem ersten Arbeitstag!«

Lorry legte den Kopf schief und fixierte Lejure mit einem orangegelben Auge. »Und wann sehen wir uns wieder? Ich vermisse dich.«

»Ich vermisse dich auch, Lorry. Tut mir Leid. Ich melde mich wieder, sobald ich kann.«

Um acht Uhr am darauf folgenden Morgen trafen sich alle eingeweihten Beteiligten zur ersten Besprechung. Allerdings nicht an einem Tisch, sondern durch eine durchsichtige Scheibe voneinander getrennt, denn Lejure Makaam und die Medikerin waren nach wie vor als Sicherheitsrisiko eingestuft und durften den Laborbereich nicht verlassen. Die übrigen Teilnehmer – Roi Danton, Darius Fynn, der Ara Kammoss und weitere Wissenschaftler – mussten mehrere Dekontaminierungsprozesse über sich ergehen lassen, bevor sie den kleinen Konferenzraum der Abteilung betreten durften.

»Was haben Sie herausgefunden, Doktor Franklin?«, erteilte Roi Danton der Medikerin das Wort.

»Mit Sicherheit wissen wir nur, dass Markus Fall ein Überträger war«, begann Lorana Franklin. »Leider ist es uns bisher nicht gelungen, das Virus zu isolieren, weil es so schnell mutiert. Deshalb konnten wir es immer noch nicht bestimmen. Die Erfahrungswerte deuten allerdings darauf hin, dass es sich um ein Virus handelt und nicht um ein Bakterium oder einen anderen eingeschleppten Mikroorganismus.«

»Dafür kämen viele Virusstämme in Frage«, sagte Roi Danton nachdenklich. »Vergleichbare Seuchen sind in der Vergangenheit immer wieder ausgebrochen. Die Frage ist, ob wir es mit einem ganz neuen, unbekannten Typ zu tun haben oder mit der Variante eines bereits bekannten Typs.«

Dr. Franklin hob die Hände. »Wie gesagt, wir wissen es noch nicht. Wir haben auch keine Vorstellung von der Dauer der Inkubationszeit und der Auswirkung auf Nicht-Terraner. Bei Menschen führt es jedenfalls zu katastrophalen Symptomen. Das Immunsystem bricht zusammen, sämtliches Gewebe wird mürbe, beim fortschreitenden Zellverfall treten innere Blutungen auf, die Organe lösen sich allmählich auf. All das hat einen raschen Tod zur Folge. Bei Markus Fall ist es sehr schnell gegangen, selbst eine Stunde früher hätten wir ihn nicht mehr retten können. Nach Lejure Makaams Aussagen sind die ersten Symptome erkältungsähnliche Beschwerden wie Fieber, Husten, Schnupfen, möglicherweise auch Schüttelfrost.«

Dr. Franklin rief holografische Darstellungen der Blutauswertungen auf. Dann zeigte sie den Konferenzteilnehmern Bilder des toten Markus Fall, auf die sie mit Kopfschütteln oder leisem Stöhnen reagierten. Nun konnte sich jeder vorstellen, wie es ihm ergehen würde, falls er sich infizierte …

»Und wie wird das Virus übertragen?«, wollte Kammoss wissen.

»Auch das ist noch nicht bekannt«, musste die Medikerin gestehen. »Wir können nur hoffen, dass wir es nicht mit einer Tröpfcheninfektion zu tun haben, sondern dass die Ansteckung über Körperflüssigkeiten, insbesondere Blut, erfolgt. Dann ließe es sich relativ rasch eindämmen, wenn bis zur Isolierung des Stammes und der Produktion eines Gegenmittels jeder körperliche Kontakt vermieden wird. In dem Fall könnte sogar die gesamte Besatzung von Quinto-Center informiert werden.«

Sie lächelte schwach, bevor sie fortfuhr: »Dann wäre möglicherweise nur ich infiziert, da ich in seiner Unterkunft versucht habe, ihn zu reanimieren, bevor er auf die Krankenstation kam. Lejure Makaam hatte keinen näheren Kontakt zu ihm und höchstwahrscheinlich auch sonst niemand. Markus Fall war ein Einzelgänger, wie ich gehört habe, und hat sich vor allem in den letzten Tagen sehr unzugänglich verhalten.«

»Und wenn nicht?«, fragte Darius Fynn düster. »Wenn es beispielsweise über die Luft übertragen wird?«

»Dann müssen wir einen anderen Weg finden«, sagte Roi Danton, bevor die Medikerin etwas erwidern konnte. »Oberste Priorität hat zunächst die Bestimmung der Übertragungsweise, damit wir eine weitere Ausbreitung der Seuche verhindern können. Zumindest können wir davon ausgehen, dass sie auf Quinto-Center beschränkt bleiben wird.«

»Gewiss«, warf Kammoss mit einer Spur Sarkasmus ein. »Wenn wir alle tot sind, gibt es keine neuen Wirte, und das Virus legt sich schlafen. Oder wir öffnen alle Schleusen und lassen unsere Atmosphäre in den Weltraum ab. Das dürfte kein Virus überleben.«

»Täuschen Sie sich nicht!«, sagte Dr. Franklin. »Viren sind wahre Überlebenskünstler. Selbst unter Weltraumbedingungen …«

»Ich hoffe doch, dass wir das Problem anders in den Griff bekommen«, schnitt Roi Danton die Diskussion ab.

Lejure Makaam hatte den Eindruck, dass der Unsterbliche viel mehr wusste, als er sagte. Sie konnte sich nicht erklären, wie sie auf diesen Gedanken kam. Schließlich kannte sie den ehemaligen Freihändlerkönig kaum. Warum zögerte er, sein Wissen preiszugeben, mit dem er möglicherweise zur Aufklärung beitragen konnte?

Dann fiel ihr wieder ein, was Lorry über Roi Danton gesagt hatte, seine kritischen Worte, sein Misstrauen. War Lejure nicht objektiv genug?

Ich könnte ihn darauf ansprechen, überlegte sie. *Mehr als blamieren kann ich mich nicht. Andererseits wird er kaum zugeben, dass ich ihn bloßgestellt habe. Was soll ich nur tun?*

Die Rubinerin schwieg. Die Situation war schon angespannt genug. Auch wenn sich die Wissenschaftler gelassen und professionell gaben, konnte Lejure sich vorstellen, wie viel Angst sie innerlich ausstehen mussten. Angst, sich bereits infiziert zu haben und zum Tode verurteilt zu sein. Lejure ging es nicht anders. Sie hoffte ebenso inständig wie Lorana Franklin, dass die Übertragung nur über Körperflüssigkeiten stattfand. Und dass Nicht-Humanoide überhaupt nicht davon betroffen waren …

»Darius, haben Sie etwas herausgefunden, wo Markus Fall sich das Virus eingefangen haben könnte?«, wollte Roi Danton von seinem Berater wissen.

Der hagere Mann schüttelte den Kopf. »Leider gibt es keine Hinweise. Aber wir haben die Analysen noch nicht abgeschlossen. Ich hoffe, dass wir etwas übersehen haben und Licht ins Dunkel bringen können.«

»Sir, uns läuft die Zeit davon.« Kammoss wurde allmählich ungeduldig. »Was schlagen Sie vor, wie wir nun vorgehen sollen?«

»In sämtlichen Sektionen von Quinto-Center müssen Untersuchungen vorgenommen werden. Die Zusammensetzung der Luft, des Essens, Bluttests von Probanden. Das kann schnell und für Außenstehende unauffällig geschehen, wenn wir alle die Ruhe bewahren. Doktor Franklin und ihre Mitarbeiter werden weiter an der Identifizierung des Virus arbeiten. Die nächste Aufgabe wäre die Entwicklung eines Gegenmittels. Bitte bewahren Sie in dieser Phase weiterhin höchste Geheimhaltung.« Roi Danton erhob sich. »Ich danke Ihnen. Hoffen wir, dass es kein weiteres Menschenleben kosten wird.«

Die Wissenschaftler standen auf und entfernten sich murmelnd. Der Unsterbliche blieb zurück, um noch ein paar Einzelheiten mit Lorana Franklin zu besprechen. Er trat durch eine einfache Schleuse ins Labor, da er durch seinen Zellaktivatorchip vor einer Ansteckung geschützt war. Beim Verlassen des Labors würde er gründlich dekontaminiert werden, um andere nicht zu gefährden.

Lejure fragte sich, wie Roi Danton es empfinden mochte, dass er selbst völlig ungefährdet war. Kam er sich lediglich als Zuschauer der Tragödie vor? Oder litt er mit den Betroffenen und konnte ihre Ängste und Nöte teilen?

Aber auch diese Fragen wagte die Rubinerin nicht zu stellen, weil es ihr nicht zustand. Außerdem spürte die junge QuinTech, dass Roi Danton seine Aufmerksamkeit ausschließlich auf Lorana Franklin richtete und die Rubinerin kaum beachtete. Zwischen den beiden Menschen funkte es gewaltig. »Wenn sie sich noch näher kommen, würde die Luft zwischen ihren Schnäbeln knistern«, pflegte Lorry in solchen Momenten zu sagen.

Jedenfalls schien es der Medikerin sehr gut zu tun, denn sie wirkte sichtlich energiegeladener und optimistischer. Sie machte jede Menge Vorschläge, wie sie weiter vorgehen sollten. Der Unsterbliche schien beeindruckt, zumindest wirkte es auf Lejure so.

Trotzdem hatte er die Rubinerin nicht völlig vergessen. Als er plötzlich zu ihr schaute, knickten Lejures Ohren ein, weil sie sich ertappt fühlte. Obwohl sie gar nicht recht wusste, weshalb. Aber dieser Blick … sie konnte den Reflex nicht verhindern.

»Sie wirken so nachdenklich, Lejure«, sagte Roi Danton und kam näher.

»Nun ja, Sir … ich mache mir natürlich meine Gedanken«, stammelte die QuinTech.

»Sprechen Sie!«

»Es … ist nicht so wichtig.«

»Jedes Detail ist wichtig, Lejure. Reden Sie. Vielleicht kommen wir dem Rätsel ein wenig näher.«

Lejures Nase zuckte vor Aufregung. Sie war es nicht gewohnt, unverhofft im Mittelpunkt zu stehen. Und dass sich ein Unsterblicher für ihre Gedanken interessierte, konnte sie sich erst recht nicht vorstellen.

»In erster Linie habe ich Angst«, gestand sie.

»Das ist angesichts der Situation nur verständlich und sogar lebenswichtig«, sagte Roi Danton. »Aber Sie halten sich vorbildlich, wie man es von einem Angehörigen der USO erwartet. Wenn Sie die Angst im Griff haben, kann sie Ihre Sinne schärfen.«

»Ich habe über Markus Fall nachgedacht«, fuhr Lejure ermutigt fort. »Es ist nicht viel über ihn bekannt, wie es scheint. Ich glaube, er hatte nicht viele Freunde … vorsichtig ausgedrückt. Lorry erzählte mir …«

»Lorry?«

»Kadett Lorry Quay, mein Freund. Er durchläuft gerade Monkeys Hölle. Er ist ein Scü, Sir, und ziemlich ehrgeizig. Ein scharfer Schnabel, wie er behauptet … Verzeihung.« Sie gab sich innerlich eine kräftige Ohrfeige. Jetzt war nicht der rechte Moment für scherzhaftes Geplauder. *Nun reiß dich endlich zusammen, du Hinterwäldlerin!*

Doch Roi Danton wirkte überhaupt nicht konsterniert, sondern zeigte sogar die Andeutung eines Lächelns.

»Lorry kannte Markus Fall durch eine Simulation, die der Spezialist entwickelt hatte, wobei *kennen* sicherlich übertrieben ist. Er sagte, dass Fall ein absoluter Einzelgänger war und sich nur in der Fremde zu Hause fühlte.«

»Welche Schlussfolgerung haben Sie daraus gezogen?«

»Ich glaube nicht, dass Markus Fall viel Kontakt hatte, seit er von seinem letzten Auftrag zurückkehrte; in dieser Hinsicht stimme ich Doktor Franklin zu. Vermutlich war er auch nicht in allzu vielen Sektionen, denn auf jedem Deck gibt es genügend Freizeit- und Trainingsangebote.«

»Er war in meinem Büro«, sagte Roi Danton.

»Oh, das … erweitert den Kreis natürlich. Aber nicht auf ganz Quinto-Center. Die Personen, denen er auf dem Weg zu Ihnen näher als einige Meter kam, können wir bestimmt an einer Hand abzählen. Oder an zwei.« Lejure kam allmählich in Fahrt. »Die Bar, in der ich ihn traf, war zwar sehr voll, aber Fall saß ganz allein an einem Tisch, abseits von allen anderen. Ich glaube nicht, dass er mit irgendwem geredet hat, und bei seinem mürrischen Gesicht kann ich mir nicht vorstellen, dass ihn jemand freiwillig angesprochen hat – außer mir. Ich bin mir ziemlich sicher, dass Markus Fall nicht viele Personen angesteckt haben kann, selbst wenn es über Tröpfcheninfektion geschieht.«

»Aber diese Personen können das Virus bereits weitergetragen haben«, wandte der Oberstleutnant ein.

»Sicher, Sir, aber dennoch ist der Kreis der Personen sehr begrenzt. Es müsste sich recht schnell herausfinden lassen, wer in Frage kommt, damit wir alle isolieren können, so wie mich. Das kann sehr diskret geschehen. Wenn wir rasch handeln, ist Quinto-Center bald außer Gefahr, und wir haben genügend Versuchspersonen, um den Verlauf der Erkrankung beobachten zu können.«

»Was sie sagt, klingt einleuchtend«, ließ sich Lorana Franklin aus dem Hintergrund vernehmen. Sie sah kurz von einem Mikroskop auf. »Jeder veränderte Blutwert kann uns auf die Spur bringen.«

Roi Danton nickte. »Ich schicke Ihnen alle Personen, von denen ich weiß, dass er Kontakt zu ihnen hatte. Die anderen müssen wir noch ausfindig machen … Trotzdem wird es nicht einfach sein, die Aktion diskret durchzuführen.«

»Das ist kein Problem«, versicherte Lorana Franklin. »Ich lasse es als Profilerstellung für eine Beförderung tarnen.«

»Mit Blutprobe?«, gab Roi zu bedenken.

Die Medikerin lächelte hintergründig. »Kennen Sie nicht meinen Spitznamen? Man nennt mich den *Vampir*, weil ich den Leuten bei jeder sich bietenden Gelegenheit Blut abzapfe. Die meisten vernachlässigen ihre Kontrolluntersuchungen, sodass ich ewig den Ergebnissen hinterherlaufen müsste. Wer erst kürzlich eine Untersuchung hatte, wird sich nicht mehr daran erinnern, oder ich tische ihm auf, dass die Probe kontaminiert und unbrauchbar wurde. Sie glauben gar nicht, was die Leute sich alles anhören und gefallen lassen, um möglichst schnell wieder aus der Medostation verschwinden zu können.«

Der Unsterbliche zwinkerte. »Ein Glück, dass ich mir deswegen keine Sorgen machen muss.«

»Und was soll ich tun?«, brachte Lejure die beiden

Menschen auf den Boden der Tatsachen zurück. »Bitte geben Sie mir eine Beschäftigung, sonst drehe ich durch!«

»Wir werden schon etwas für Sie finden«, versprach Lorana Franklin.

Roi Danton saß an seinem Arbeitstisch und studierte die zusammengetragenen Berichte. Darius Fynn hatte alle Hebel in Bewegung gesetzt, um herauszufinden, wo Markus Fall sich infiziert haben konnte. Leider hatte sein letzter Auftrag ihn kreuz und quer durch die Galaxis geführt, so dass die Ermittlungen Tage, wenn nicht Wochen oder gar Monate in Anspruch nehmen würden. Aber so viel Zeit hatten sie nicht. Wenn der Spezialist sich das Virus schon zu Beginn seiner Reise eingefangen hatte, konnte die Inkubationszeit bei humanoiden Organismen bis zu vier Wochen betragen. Andernfalls wären es vielleicht nur wenige Tage.

Und dann kam die erste Hiobsbotschaft.

Lejure Makaams Blutbild veränderte sich. Irgendetwas zerstörte ihre Körperzellen. Das bedeutete, dass sich das Virus auch auf nichtmenschliche Organismen übertrug und dass es nicht nur über den Austausch von Körperflüssigkeiten geschah. Damit bewahrheiteten sich möglicherweise die schlimmsten Befürchtungen.

Doch den Urheber der Veränderungen konnte Lorana Franklin weiterhin nicht identifizieren. Sie konnte nur bestätigen, dass Lejure nun mit Sicherheit ein Überträger war und bis auf weiteres unter strenger Quarantäne bleiben musste.

Wie übrigens auch Dr. Franklin selbst. Sie überbrachte Roi die zweite schlechte Nachricht über einen abgeschirmten internen Kanal.

»Es tut mir Leid«, sagte der Unsterbliche erschüttert.

»Als Arzt weiß ich um die Risiken, die mein Beruf mit sich bringt«, versuchte Lorana Franklin die Tragödie herunterzuspielen. »Mir tut es vor allem um Lejure Leid, die nur helfen wollte und unbeabsichtigt in diese Geschichte hineingeraten ist.«

»Immerhin wurden wir durch sie auf das Problem aufmerksam, was vielleicht zur Schadensbegrenzung beigetragen hat.« Roi biss sich auf die Zunge. Wie konnte er darüber reden, als ginge es um einen geschäftlichen Abschluss?

»Treffend formuliert«, bemerkte auch die Ärztin mit einem Anflug von Sarkasmus.

»Ich … Entschuldigen Sie, Lorana. Normalerweise bin ich nicht so gleichgültig. Aber …«

»Ich weiß. Sie fühlen sich hilflos. Sie versuchen auf Distanz zu gehen, um emotional nicht zu sehr belastet zu werden. Das ist eine ganz natürliche Reaktion, um zu überleben.«

»Lorana, bitte …«, unterbrach Roi sie verzweifelt, »ich will nicht auf Distanz gehen. Glauben Sie mir!«

Sie lächelte traurig. »Aber Sie können nicht anders, Sir. Sie sind relativ unsterblich.«

»Bitte erinnern Sie mich nicht ständig daran. Es ist … es ist nur eine Maschine, die mich am Leben erhält. Alles an mir ist noch menschlich, organisch, aus Fleisch und Blut – wie Sie.«

»Und was wollen Sie mir mit dieser pathetischen Rede erklären?«

»Dass wir heute Abend zusammen essen werden, Sie und ich.«

Sie zog die schön geschwungenen schwarzen Augenbrauen zusammen. »Das halte ich für keine gute Idee.«

»Denken Sie nach«, bat er. »Gerade in einer solchen Lage ist es wichtig, die Menschlichkeit zu bewahren. Selbst ... wenn es vielleicht schon zu spät ist.«

»Also gut!« Lorana hob die Hände. »Sie haben gewonnen. Kommen Sie vorbei. Ich habe hier im Labor ein kleines Quartier, das wenigstens ein bisschen private Atmosphäre verschafft. Deklarieren wir es als Arbeitsessen.«

Wenig später betrat Darius Fynn das Büro des USO-Chefs. Die Maserung seiner Haut hatte eine ungesunde bleiche Farbe angenommen.

»Sie sollten eine Pause einlegen und wenigstens eine halbe Stunde schlafen«, riet Roi Danton seinem Mitarbeiter.

»Dazu werde ich noch genügend Gelegenheit haben, Sir«, sagte Darius und legte dem Oberstleutnant den neuesten Bericht vor.

Roi Danton überflog die Zusammenfassung und wurde leichenblass.

»Um die Sache voranzutreiben«, ergänzte Darius Fynn mündlich, »haben wir die Personen, die Sie uns genannt haben, minutiös befragt, was sie in den letzten Tagen getan haben. Vor allem, zu wem sie persönlichen Kontakt hatten. Dann haben wir sie unter dem Vorwand eines Tests zur jeweils nächstgelegenen Medostation geschickt. Ebenso sind wir mit allen weiteren Personen verfahren, deren Namen gefallen sind. Diese haben wir jedoch in das wissenschaftliche Zentrallabor geschickt, unter dem gleichen Vorwand.«

»Und niemand hat misstrauische Fragen gestellt?«, erkundigte sich Roi Danton.

»Zumindest haben alle mitgespielt. Die Mitarbeiter der verschiedenen medizinischen Abteilungen sollten die Proben ohne Auswertung umgehend an Doktor Franklins Labor schicken. Ich habe die eingeweihten Mediker angewiesen, zuerst mich und dann Doktor Franklin zu informieren.«

Roi stützte die Arme auf den Tisch, legte den Kopf in die Hände und rieb sich müde das Gesicht. Dann blickte er wieder zu Darius Fynn hoch. »Wurden Sie selbst auch getestet?«

»Selbstverständlich, Sir. Mit dem gleichen Ergebnis.« Der Mann sprach ohne emotionale Regung, seine Augen waren kalt und hart wie immer. Er hatte sich perfekt in der Gewalt, aber womöglich war es nur seine Strategie, mit der er verhinderte, dass er durchdrehte.

Roi Danton schüttelte den Kopf. Natürlich mussten weitere Untersuchungen durchgeführt werden, um Gewissheit zu erlangen. Aber schon jetzt war abzusehen, dass der schlimmste Fall eingetreten war. Die Katastrophe war da.

»Soll ich meinen Bericht an Doktor Franklin weiterleiten?«

»Nein. Das übernehme ich selbst. Geben Sie den Medikern nochmals Anweisung, bis auf weiteres Stillschweigen zu bewahren.«

»In Ordnung.« Darius Fynn wandte sich zum Gehen,

dann hielt er zögernd inne. »Sir, wir haben es mit einer Krise unüberschaubaren Ausmaßes zu tun, die wir eventuell nicht mit eigenen Mitteln lösen können.«

Roi Danton runzelte die Stirn. »Was meinen Sie damit?«

»In Anbetracht der Lage sollte der Resident in Kenntnis gesetzt werden. Immerhin ist die USO eine Organisation, die …«

»Darius, ich weiß Ihr Pflichtbewusstsein zu schätzen«, unterbrach der Oberstleutnant. »Aber … vergessen Sie es. Wir dürfen niemanden mehr herein- oder hinauslassen. Perry Rhodan kann überhaupt nichts tun, höchstens von außen zusehen, wie wir sterben.«

Es klang, als hätte er von einer ihm unbekannten, fernen Person gesprochen und nicht von seinem eigenen Vater. Aber genauso empfand er es. Er kam sich vor, als wäre er ganz allein in die Dunkelheit eines riesigen Schattens geraten und müsste nun seinen Weg zurück ins Licht suchen.

»Aber wenn sich Rhodans wissenschaftliche Abteilung mit dem Problem beschäftigt …«

»Was glauben Sie, wie lange die Sache dann noch geheim bleibt? Je mehr Personen eingeweiht sind, desto schneller sickert etwas durch. Und wenn an die Öffentlichkeit dringt, dass Markus Fall von irgendwoher ein Virus eingeschleppt hat, könnte das eine galaxisweite Panik und Hetzjagd auf Erkrankte zur Folge haben.«

»Ich denke, die meisten würden sich gar nicht betroffen fühlen, Sir.«

»Sobald Reiseverbote verhängt werden, geht es alle etwas an. Ich kenne mich damit aus, Darius, ich habe es schon erlebt. Außerdem könnte die Position von Quinto-Center bekannt werden. Familien werden nach ihren vermissten Angehörigen fragen und wissen wollen, ob sie bei uns arbeiten. Dann wäre es sehr schnell vorbei mit unserem Status als unabhängige Organisation, die aus dem Hintergrund heraus operiert. Unsere gesamte Arbeit der letzten Jahrzehnte wäre umsonst. Und wer weiß, wie Bostich darauf reagieren würde?«

Roi Danton deutete auf ein komplexes Holo am Rand seines Tisches, das ständig durch hereinkommende Berichte aktualisiert wurde. »Die Leute, die hier arbeiten, sind Spezialisten, absolute Könner auf ihrem Gebiet. Wir haben bereits die besten Wissenschaftler an Bord, bessere kann uns auch der Resident nicht zur Verfügung stellen. Wir müssen dieses Problem auf unsere Weise lösen und unabhängig bleiben, eine andere Wahl haben wir nicht.«

»Wie Sie meinen«, sagte Darius Fynn langsam. »Aber ich bestehe darauf, dass Sie meinen Standpunkt zur Kenntnis nehmen.«

Ich muss aus dem Schatten treten, dachte Roi Danton. *Und ich sollte Acht geben, mich nicht von persönlichen Emotionen leiten zu lassen.*

»Keine Sorge, wir werden selbst damit fertig«, versicherte er seinem Mitarbeiter.

In Fynns Augen schien kurz etwas aufzublitzen, was er sich nicht erklären konnte. »Ich mache mich jetzt wieder an die Arbeit«, sagte der Leutnant und verließ das Büro.

Roi Danton versuchte, eine erste Bilanz zu ziehen. Er hatte aufmerksam die Medien verfolgt, doch bisher gab es keine Hinweise, dass an einem anderen Ort der Milchstraße eine rätselhafte Seuche ausgebrochen war. Natürlich war es denkbar, dass anderswo genauso Stillschweigen bewahrt wurde wie in Quinto-Center. Aber das würden die USO-Spezialisten herausfinden.

Wenn Markus Fall der erste Überträger gewesen war, konnte das bedeuten, dass er einen schlummernden Virusstamm aufgeschnappt hatte, der erst im USO-Hauptquartier aktiv geworden war. Oder er hatte ihn sich auf einer Welt eingefangen, deren Bewohner dagegen immun waren. Es gab viele Möglichkeiten. Solche Epidemien brachen meistens durch eine Verkettung unglücklicher Umstände aus.

Der Unsterbliche war sich darüber im Klaren, dass sie früher oder später Hilfe von außen anfordern mussten. Auch wenn es nicht so einfach war, wie Darius Fynn es sich vorstellte. Diese Angelegenheit war eine politische Zeitbombe. Die in der gegenwärtigen Lage eine gefährliche Kettenreaktion auslösen konnte. Niemand wusste, wie Imperator Bostich oder die Völker, die aus dem Verbund der Liga Freier Terraner austreten wollten, darauf reagieren würden. Wenn es um die nackte Existenz ging, spielten Moral und Mitgefühl keine Rolle mehr.

Auch wenn die Zeit noch so sehr drängte, sie mussten geplant vorgehen.

Als Roi Danton sechs Stunden später auf die Uhr blickte, stellte er fest, dass es Zeit für das Abendessen mit Dr. Franklin war. Es würde wohl tatsächlich ein Arbeitsessen werden.

Lorana Franklin war sichtlich überrascht, als der Unsterbliche in kürzester Zeit ihre kleine Notunterkunft umgestaltete, sie mit Blumen und Kerzen dekorierte und eine Festtafel deckte, worauf zwei Service-Roboter das Dinner auftrugen.

»Voilà – auf dass Ihnen das *bœuf bourguignonne* bekommt!«, rief Roi Danton mit theatralischer Verbeugung. »Eine kleine Reminiszenz an meine historischen Vorgänger.«

»Wenn ich gewusst hätte, welchen Aufwand Sie betreiben, hätte ich etwas Besseres angezogen und mich hergerichtet.« Lorana strich sich verlegen durch die offene schwarze Haarmähne. Sie trug eine enge, dunkle Freizeitkombination ohne Accessoires.

Roi Danton ergriff ihre Hand und führte sie an seine Lippen. »Sie sehen wunderbar aus für diesen Anlass. Das Kerzenlicht verleiht Ihren Augen einen besonderen Glanz, die schlichte Optik unterstreicht Ihre Schönheit.« Er selbst trug eine perfekt sitzende dunkelblaue Kombination aus hochwertiger Granseide.

»Lejure hat mich gewarnt, dass Sie ein ziemlicher Charmeur sein können«, sagte die Medikerin lächelnd und zog die Hand zurück. »Dafür sollen Sie als Freihändlerkönig berüchtigt gewesen sein!«

»Bin ich es etwa nicht mehr?«, fragte Roi in gespieltem Entsetzen. Seine Augen hielten Loranas Blick für ein paar Sekunden fest. Sie schwieg verwirrt, dann zuckte sie zusammen, als er munter in die Hände klatschte. »Wir sollten das Essen nicht kalt werden lassen, meine Liebe, außerdem habe ich Hunger und freue mich auf eine gute Mahlzeit in angenehmer Gesellschaft.«

Die Medikerin nahm Platz und bewunderte die aufgetischten Leckereien. »Ja, es tut gut, etwas Abstand zu gewinnen und sich auf die schönen Dinge des Lebens zu konzentrieren«, sagte sie völlig sachlich, ohne Pathos oder Frustration. »Ich möchte genießen, solange ich dazu noch fähig bin.«

»Das Leben ist in jeder Sekunde viel zu kostbar, um es zu verschwenden.« Roi Danton erhob das Glas. »Ich möchte einen Toast ausbringen.«

»Nur zu.«

»*Omnia mutantur, nihil interit*«, zitierte Roi Danton. »Das schrieb der Dichter Ovid vor vielen tausend Jahren in seinen *Metamorphosen* nieder. Alles verändert sich, aber nichts geht unter.«

»Und was meinte er damit?«

»Dass nichts *verloren* ist, Lorana. *Nichts.*«

Lorana stieß mit ihm an und trank schweigend, mit sehr nachdenklicher Miene.

»So«, sagte Roi, nachdem er das Glas abgesetzt hatte, »und nun möchte ich vorschlagen, dass wir ab sofort diese dummen Förmlichkeiten unterlassen und uns so verhalten wie die meisten Bewohner der Milchstraße da draußen. Mit einem Wort: Ich würde dir gerne das Du anbieten.«

Lorana nickte. »In Ordnung. Dann fällt es mir auch etwas leichter zu sagen, dass du mir immer unheimlicher wirst, Roi.«

»Das liegt nur daran, dass dir noch nie ein Mann wie ich begegnet ist, ma chère.« Der Unsterbliche lachte herzlich, doch in seinen Augen lag ein seltsam trauriger Glanz.

»Es war ein wundervolles Abendessen, Roi«, sagte Lorana Franklin, nachdem das burgundische Rindfleisch in Rotwein verspeist, der Tisch abgeräumt und die Kerzen halb heruntergebrannt waren. Sie beide waren zusehends gelöster geworden und hatten die in jeder Hinsicht geschmackvollen Stunden ausgiebig genossen. »Ich weiß gar nicht, wie ich dir dafür danken soll. Die Erinnerung daran wird mir helfen, nicht den Mut zu verlieren. Doch jetzt muss ich an meine Arbeit zurückkehren.«

Sie stützte die Arme auf den Tisch und beugte sich leicht vor. »Aber seit einigen Minuten deutet deine Miene an, dass du mir etwas sagen willst und nicht weißt, wie du es mir schonend beibringen kannst.«

»Du kennst mich schon viel zu gut, Lorana«, gab sich Roi geschlagen. »Es ist wirklich nicht einfach.«

»Wo liegt das Problem? Ich bin ohnehin zum Tode verurteilt.«

»Nur leider ... bist du nicht die Einzige.«

Ihre Augen weiteten sich. »Was?«, keuchte sie.

Roi Danton seufzte. »Die Seuche grassiert bereits überall in Quinto-Center. Wir wissen es noch nicht hundertprozentig, aber wir gehen davon aus, dass sich das Virus über die Luftversorgung ausgebreitet hat. Weil die Struktur noch unbekannt ist, konnte es nicht erkannt und ausgefiltert werden. Sämtliche bisher getesteten Personen sind positiv. Es sind so viele, dass wir die Infizierten gar nicht mehr isolieren können. Derzeit sind mindestens achtzig Prozent der Decks betroffen.«

Trotz Wein und Kerzenschein verlor Loranas Gesicht jede Farbe. »*Ganz* Quinto-Center?«, stieß sie heiser hervor. »Bei allen Sternen, das ... Ich kann es nicht glauben ...«

»Mir geht es genauso«, gestand Roi düster. »Wir kämpfen gegen einen unbekannten, absolut tödlichen Feind. Alle Hoffnungen ruhen jetzt auf euch Medikern, Lorana, dass ihr so schnell wie möglich die Struktur des Virus ermittelt und eine Therapie entwickelt.«

Unvermittelt stand er auf, kam um den Tisch herum und zog Lorana an den Schultern vom Stuhl hoch. Offenbar hatte er das Bedürfnis, gerade in diesem Moment jemandem nahe zu sein. »Ich habe solche Krisen schon erlebt. Es ist vorgekommen, dass die Betroffenen resignierten, weil sie den Tod für unausweichlich hielten. Mein Problem ist, dass ich leider gar nichts tun kann. Ich kann euch nicht einmal befehlen, alles in eurer Macht Stehende zu unternehmen. Es ist eine Ausnahmesituation, es betrifft jeden von euch, und ich kann niemandem vorschreiben, wie er …«, er schluckte, »seine letzten Tage zu verbringen hat …«

Lorana sah ihn an, und in ihren dunklen Augen lag keine Furcht. »Du musst mich nicht an meine Pflicht erinnern, Roi«, sagte sie leise. »Wir sind alle Spezialisten, und nicht nur ich, sondern alle meine Kollegen werden weiterhin alles daransetzen, die Seuche einzudämmen. Und ich weiß, was geschehen wird, wenn wir die Öffentlichkeit von Quinto-Center informieren müssen.«

»Aber …«

»Irgendwann müssen wir es tun, Roi. Daran geht kein Weg vorbei. Was ich eigentlich sagen wollte – es kann sein, dass ich es nicht rechtzeitig schaffe. Ich möchte dich nicht enttäuschen, verstehst du?«

»Wie könnte ich je von dir enttäuscht sein?«

»Jedenfalls habe ich den Ehrgeiz, diesen Kampf aufzunehmen. Doch ich kann keine Wunder vollbringen. Dann werden andere meine Arbeit fortführen, da bin ich mir sicher. Aber … ich möchte es gern miterleben …«

Nun verlor Lorana doch die Fassung. Angst blitzte in ihren Augen auf, die sich mit Tränen füllten. »Halt mich bitte für einen Moment fest«, flüsterte sie.

Roi nahm sie in die Arme und schmiegte sich an sie. Sein rechter Wangenmuskel zuckte, während er sein Gesicht in ihren Haaren vergrub.

»Lejure! Dass du überhaupt noch an mich denkst!« Im Holo tauchte Lorrys kleiner Vogelkopf auf. Seine Stimme klang erschöpft, aber Lejure Makaam entging der sarkastische Unterton nicht.

»Ich denke sehr viel an dich, Lorry, und ich habe heute schon mehrmals versucht, dich zu erreichen!«, rechtfertigte sie sich.

Der Scü stellte den Kopffederbusch auf. »Oh, tut mir Leid. Die Ausbildung ist momentan ziemlich anstrengend.«

»Fühlst du dich krank?« Lejures Nase zuckte, sie musste aufpassen, dass sie sich nicht verplapperte.

Lorry schlug empört die Schnabelhälften zusammen. »Krank? Wie kommst du denn darauf? Sehe ich etwa so aus? Danke für das Kompliment! Nein, ich bin nur ziemlich müde. Dabei habe ich erst Stufe drei erreicht! Ich will mir gar nicht vorstellen, wie Stufe sieben aussieht …«

Lejure lachte keckernd. »Du schaffst es schon, mein Gelbschnabel! Ihr Scü seid doch kaum unterzukriegen.«

»Hoffentlich! Es heißt ja nicht umsonst Monkeys Hölle.« Lorry legte den Kopf schief. »Wann kommst du denn endlich wieder, Lejure? Ich vermisse dich so sehr.«

»Ich vermisse dich auch, Lorry«, sagte Lejure traurig. »Du ahnst nicht, wie sehr. Aber die Sicherheitsvorkehrungen wurden noch nicht aufgehoben. Ich weiß auch nicht, warum sie diese Sache so wichtig nehmen. Aber Darius Fynn muss immer alles fünffach absichern, und als QuinTech-Neuling passen sie besonders auf mich auf.«

»Mich würde nur interessieren, ob es etwas mit den Untersuchungen zu tun hat, die zurzeit stattfinden«, sagte Lorry.

Lejure war sofort alarmiert. »Wovon sprichst du?«

»Irgendwas ist anders. Einer meiner Vorgesetzten wirkt verändert, seit Markus Falls Tod bekannt wurde. Und dann sind alle plötzlich sehr darauf bedacht, dass man sich exakt an die Vorschriften hält und jedes merkwürdige Vorkommnis meldet. Dabei ist alles merkwürdig! Denkst du, es hängt immer noch mit dieser Flotte zusammen, die angeblich nach uns sucht? Allmählich müsste es denen doch zu blöd werden!«

»Ich weiß nicht, Lorry. Mir sagt man ja nichts. Ich finde das auch reichlich seltsam, aber die werden schon ihre Gründe haben. Vielleicht wurden wir bereits von einer fremden Macht infiltriert.« Das war nicht einmal gelogen …

»Jetzt übertreibst du wieder, Fellchen! Du hast viel zu viel Fantasie! Ich glaube, dir fehlt jemand, der dein Fell zum Glänzen bringt, hm?«

»Und dir muss mal wieder jemand die Federn aufschütteln«, gab Lejure zurück. »Ich bin mir sicher, dass ich bald aus diesem Glaskasten raus darf, und dann holen wir alles nach. Langsam bekomme ich nämlich Platzangst.«

»Und … wenn ich mal vorbeikomme?«

»Untersteh dich! Ich will meinen Job nicht verlieren. Komm schon, das halten wir durch! Wie soll es erst werden, wenn du im Einsatz bist?«

Lorry lachte krächzend. Seine Laune hatte sich erheblich gebessert. Sie tauschten noch ein paar launige Sprüche aus, bis sie die Verbindung trennten. Danach stellte Lejure fest, dass auch sie sich besser fühlte. Der Kontakt mit dem Leben hatte für einen Moment den drohenden Todesschatten verdrängt.

5.

Quinto-Center, 9. Juli 1318 NGZ

»Fassen wir zusammen«, sagte Roi Danton und verschränkte die Arme. »Die Untersuchungen deuten darauf hin, dass bereits ganz Quinto-Center befallen ist. Die Seuche hat sich in Windeseile ausgebreitet, schneller, als wir es uns vorgestellt hatten. Das größte Problem ist die Luft- und Wasserversorgung, die wir nicht ausreichend dekontaminieren können, ohne sie auf Dauer unbrauchbar zu machen. Das Virus schlüpft durch alle Filter. Noch ist es nicht zum großen Ausbruch gekommen, aber wir müssen jeden Moment damit rechnen.«

Er blickte ernst in die schweigende Runde. Der Unsterbliche hatte einen in hellen, freundlichen Farben gestalteten Konferenzraum gewählt und Erfrischungen verteilen lassen, um für eine entspannte Atmosphäre zu sorgen. Und da mittlerweile wieder alle im selben Boot saßen, wurden auch keine trennenden Glasscheiben mehr benötigt.

»Bis jetzt konnten wir Stillschweigen bewahren«, fuhr Roi Danton fort. »Das wird sich rasch ändern, sobald die ersten Erkrankungen auftreten oder etwas durchsickert. Und das wird irgendwann geschehen, trotz aller Sicherheitsvorkehrungen, sei es durch eine unbeabsichtigte Bemerkung oder einen unglücklichen Zufall. Nach meiner Erfahrung lassen sich solche Dinge nicht auf Dauer geheim halten.« Er nickte Dr. Lorana Franklin zu, die das Wort übernahm.

»Uns liegen inzwischen über hunderttausend Blutproben vor, die sich bedauerlicherweise alle sehr stark voneinander unterscheiden«, berichtete sie. »Das Virus mutiert weiterhin rasend schnell. Roi Danton hat uns zwar einige wertvolle Tipps aus seinem Erfahrungsschatz gegeben, nach welchen Auffälligkeiten wir suchen müssen, aber offensichtlich handelt es sich um eine bisher unbekannte Variante oder einen ganz neuen Stamm.

Der Zellverfall setzt bereits wenige Stunden nach der Infizierung ein, entwickelt sich jedoch nicht in gleichmäßiger Geschwindigkeit. Nach einem ersten Ausbruch, dem der Betroffene in der Regel keine besondere Beachtung schenkt, verlangsamt sich der Verfall. Bei einigen Probanden, wie etwa Lejure Makaam, kam er sogar wieder zum Stillstand. Das bedeutet, jeder Infizierte ist eine lebende Zeitbombe, die jeden Moment gezündet werden kann – wir wissen nur nicht, wann und wodurch.

Ich versuche derzeit, aus Lejures Blut ein Serum zu entwickeln, das auch bei Nicht-Rubinern den Infektionsverlauf verlangsamt. Über den generellen Verlauf kann ich im Augenblick noch keine Vorhersagen treffen. Es ist möglich, dass wir alle Überträger bleiben, ohne zu erkranken. Es kann aber auch sein, dass der Ausbruch ganz plötzlich erfolgt und ein sekundenschnelles oder wochenlanges Sterben nach sich zieht.«

»Dann wird es über zweihunderttausend Tote geben? Werden *alle* sterben?«, fragte ein Biochemiker und sah Roi Danton an, als wollte er es ihm zum Vorwurf machen, dass er am Ende der einzige Überlebende wäre.

»Nein, sicher nicht«, antwortete Kammoss. »Es wird auch ein paar Immune geben. Bei einer so großen Anzahl von Personen ist das sehr wahrscheinlich.«

»Das ist doch Schönfärberei!«, regte sich der Biochemiker auf. »Wie viele werden es sein? Ein Prozent? Oder sogar zwei?«

»Ganz so pessimistisch sehe ich es zwar nicht, aber erfahrungsgemäß übersteigt die Zahl der Opfer die der Immunen.«

»Kann man vorhersagen, wer immun ist?«

»Nur wenn wir wüssten, wonach wir suchen müssen, womit wir wieder beim Ausgangsproblem wären. Aber die Geschichte lehrt uns, dass es *immer* ein paar Immune gibt. Das ist sozusagen eine Art Sicherheitsschaltung der Evolution.«

»Aus dem Blut einer solchen Person könnten Sie doch ein wirksames Serum entwickeln, oder?«

»Nur unter günstigen Voraussetzungen«, schränkte Lorana Franklin ein. »Die Chance ist ungefähr genauso groß, wenn ich ein Serum aus den vorhandenen Beständen unseres Archivs mixe – sofern ich das Virus als Variante eines bekannten Stammes identifizieren kann.«

»Wir müssen also damit rechnen«, fasste Roi Danton zusammen, »dass es unseren Wissenschaftlern – deren Kompetenz ich keinesfalls in Frage stellen will – möglicherweise nicht rechtzeitig gelingen wird, ein Gegenmittel zu finden. Quinto-Center arbeitet normalerweise autark, aber aufgrund des Ausmaßes der Katastrophe sind wir diesmal gezwungen, Hilfe von außen in Anspruch zu nehmen.«

»Außerdem müssen wir bedenken«, wandte sich Lorana Franklin an ihre Kollegen, »dass wir alle ebenfalls infiziert sind und jederzeit ausfallen können.« Damit stellte sie klar, dass sie mit Roi Danton bereits über diesen Punkt gesprochen hatte und seiner Meinung war.

»Ich sehe es auch so, dass uns möglicherweise nicht mehr genug Zeit bleibt«, sprach Kammoss die Gedanken aller aus. »Aber wie wollen wir diskret um Hilfe rufen? Und vor allem – wen?«

»Ich kenne nur einen Einzigen, der in Frage kommt«, antwortete Roi Danton, »und das ist Zheobitt, der Galaktische Mediziner und Mantar-Heiler.«

Roi Danton war darauf gefasst, dass unverzüglich ein wütender Sturm losbrechen würde. Niemand mochte Zheobitt. Die Zahl jener, die ihn hassten, war Legion. Ausgerechnet ihn um Hilfe bitten zu müssen, empörte die Mediker und Wissenschaftler über alle Maßen. Der Ara Zheobitt war dafür bekannt, dass er nur aus Profitsucht handelte. Außerdem galt er als überaus arrogant und fremdenfeindlich. Selbst unter seinen eigenen Artgenossen war er verschrien, und es rankten sich viele düstere Legenden um seine Person.

»Das ist entwürdigend!«, rief Kammoss, der zum ersten Mal die Fassung verlor. »Lieber sterbe ich, als mein Leben diesem Neurotiker anzuvertrauen! Ich sehe ihn schon vor mir, in all seiner Herrlichkeit, wie er uns zappeln lässt und utopische Forderungen stellt, für die wir ein Leben lang bluten werden!«

»*Sein* Leben lang«, korrigierte Roi Danton ironisch, dann fuhr er sachlich fort: »Zheobitts Vorteile liegen klar auf der Hand. Zum einen ist er der größte und fähigste Mediker, den wir kennen. Zum anderen ist er verschwiegen. Er wird sich gut bezahlen lassen, sicher, aber er wird darüber kein Wort in der Öffentlichkeit verlieren. Er ist auf Diskretion angewiesen, sonst bekommt er keine delikaten, sprich, lukrativen Aufträge mehr. Und er schätzt die Herausforderung. Wenn ich ihm sage, dass er dieses Virus nicht kennt, wird er sich sofort an die Arbeit machen.«

Darius Fynn horchte auf. »Sie, Sir?«

Roi Danton nickte. »Selbstverständlich. Ich bin der Einzige, der Quinto-Center verlassen kann. Mein Zellaktivatorchip zerstört sofort jede gefährliche Substanz, die in meinen Körper gelangt, auch ein Virus. Es kann gar nicht erst aktiv werden. Deshalb bin ich auch nicht im klassischen Sinne immun, weil ich keine Antikörper bilde. Und aus dem gleichen Grund kann ich auch niemanden infizieren.«

»Wissen wir denn, wo Zheobitt sich aufhält?«, fragte Kammoss.

»Leider nein. Aber ich habe jede Menge Möglichkeiten, es herauszufinden.« Der Unsterbliche lächelte. »Mit der Untergrundarbeit bin ich bestens vertraut. Ich werde so schnell wie möglich zurückkehren.«

»Und wenn Zheobitt sich weigert, uns zu helfen?«, wandte ein Mediker vorsichtig ein.

Roi Dantons Miene schien für einen Moment zu Eis zu erstarren. »Ich kenne viele Mittel und Wege«, sagte er ruhig, »und ich kann sehr überzeugend sein, wenn es darauf ankommt.«

Nachdem er die wichtigsten Vorbereitungen für seinen Sondereinsatz erledigt hatte, suchte Roi Danton noch einmal das Labor auf, um nach Lorana Franklin zu sehen. Lejure Makaam, die ihr bei einer neuen Testreihe assistierte, staunte nicht schlecht, als der Unsterbliche die Medikerin ganz unkonventionell mit einer kurzen Umarmung begrüßte und sie auf den Mund küsste. Es war zwar ein offenes Geheimnis, dass die beiden sich nahe standen, aber Lejure war dennoch über Roi Dantons unbefangene Art erstaunt. Er war ganz anders, als sie sich einen Unsterblichen vorstellte, noch dazu eine Legende, nicht nur als ehemaliger Freihändlerkönig. Je besser Lejure diesen Menschen kennen lernte, desto mehr war sie von der Vielschichtigkeit seines Charakters fasziniert, von seiner Aufmerksamkeit gegenüber jedem Einzelnen, von seiner ruhigen, stets freundlichen Art.

Lorana Franklin löste sich lachend von Roi Danton, während ihre Gesichtsfärbung vor Verlegenheit leicht ins Rötliche wechselte. »Ich muss verrückt sein, mich mit einem Unsterblichen einzulassen, vor allem mit einem wie dir!«

»Ist es mir nicht einmal gestattet, meine Freundin zu begrüßen?«, fragte er. »Außerdem sind wir hier ganz entre nous, ma chère.«

»Ach, und was ist mit Lejure?«

Roi Danton sah die Rubinerin grinsend an. »Sie ist ebenfalls eine Freundin, Lorana. Sagen Sie, Lejure, habe ich etwas Ungebührliches getan?«

Lejure zeigte ihre Zähne. »Tut mir Leid, Sir, aber ich war gerade völlig in meine Arbeit vertieft. Könnten Sie es mir noch einmal demonstrieren?«

Er schien drauf und dran, der Aufforderung nachzukommen, aber Lorana Franklin wich ihm geschickt aus. »Wir haben zu tun, Roi. Du bringst mich noch ganz durcheinander.«

»Deswegen bin ich hier. Weil auch ich Wichtiges zu tun habe«, sagte Roi unverhofft ernst.

Lorana Franklin sah auf, und ihre fröhliche Miene war wie weggewischt. »Oh«, sagte sie. »Das bedeutet Abschied?«

Er nickte. »Ich muss vor der Abreise noch ein paar Dinge klären. In wenigen Stunden breche ich auf. Aber vorher wollte ich euch beiden noch Lebewohl sagen.«

Lejure spürte einen Kloß in der Kehle. Sie nestelte den Dreispitz aus ihrer Bauchtasche hervor, setzte ihn auf und salutierte. Es war ihr gleichgültig, ob es für Außenstehende albern wirkte, denn es war ihr ein Herzensbedürfnis. Und wenn Roi offen seinen Gefühlen nachgab, dann konnte es auch Lejure tun. Vielleicht war es ein Abschied für immer.

»Alles Gute, Sir«, sagte sie betont munter. »Hoffentlich haben Sie schnellen Erfolg und kommen rechtzeitig zurück.«

»Danke, Lejure. Halten Sie weiterhin die Stellung. Unterstützen Sie Lorana und vor allem Kammoss. Er will einen Nanoroboter konstruieren, der sich sozusagen vor Ort umsehen und dem Virus auf die Spur kommen soll. Übrigens habe ich die Quarantäne innerhalb von Quinto-Center aufgehoben. Sie können also jederzeit wieder Ihr Quartier aufsuchen. Lorry Quay wird sich bestimmt freuen, Sie wiederzusehen.«

»Ja, Sir.«

Dann nahm Roi Danton Loranas Hand und zog sie aus dem Laborbereich zur Schleuse. »Bitte sei noch da, wenn ich zurückkomme.«

Lorana nickte. Ihre Lippen zitterten. »Ich bedaure, dass es zu spät ist, Roi. Ich hätte gern noch so viel …«

»Es ist nicht zu spät, Lorana«, unterbrach er sie. »Minuten können wie ein Leben sein.«

»Ich weiß. Nichts geht verloren, hast du gesagt. Vielleicht hast du ja Recht. Ich werde warten. Sei unbesorgt, alles wird gut.«

Er hob ihre Hand an seinen Mund und drückte seine Lippen darauf. Mit der freien Hand strich er eine Strähne aus ihrem Gesicht.

Sie trennten sich wortlos.

Roi Danton hatte Darius Fynn kommen lassen. Bevor er ihm das Kommando über Quinto-Center anvertraute, erteilte er ihm letzte Anweisungen.

»Das Wichtigste zum Schluss, Darius«, sagte der Unsterbliche. »Sorgen Sie dafür, dass die Leute positiv motiviert werden. Das kann den Krankheitsverlauf entscheidend beeinflussen. Je schlechter die Stimmung der Infizierten ist, je schneller sie sich aufgeben, umso schneller werden sie auch sterben. Versuchen Sie, die Leute bei der Stange zu halten, geben Sie ihnen ein Ziel, eine Perspektive. Ein Todesurteil kann die niedersten Instinkte wecken, und das gilt für sämtliche Intelligenzwesen.«

»Ich kenne die sieben Stufen des Leidens«, erklärte Darius Fynn. »Schock. Starre. Leugnen. Feilschen. Wut. Schuld. Und schließlich Akzeptanz.«

»Oder Resignation«, entgegnete Roi. »Auf welcher Stufe befinden Sie sich?«

»Ich habe nach Stufe eins alle anderen übersprungen und mich für die Akzeptanz entschieden. Ich wäre sonst nicht für diesen Posten geeignet.« Darius Fynns Stimme klang so nüchtern wie stets.

Roi Danton hoffte, dass es kein Fehler war, diesem emotionslosen Mann das Kommando zu übergeben. Andererseits galt Darius Fynn als absolut unbestechlich, pflichtbewusst und überkorrekt. Der Unsterbliche wollte sich nicht ausmalen, was andere an Fynns Stelle tun würden. Er wünschte sich, an zwei Orten gleichzeitig sein zu können, denn er wollte Quinto-Center nicht im Stich lassen. Andererseits gab es niemanden außer ihm, der die Seuchenfalle verlassen und Hilfe holen konnte.

»Mir ist bewusst, dass Sie mich noch nicht lange genug kennen, um mir zu vertrauen«, fuhr Fynn fort. »Im Grunde können Sie in diesem Ausnahmezustand niemandem mehr trauen. Aber unter den gegebenen Umständen haben Sie keine andere Wahl, Sir.«

»Ich weiß, Darius. Ich hoffe, dass Sie lange genug gesund bleiben, um Quinto-Center am Leben zu erhalten. Notfalls müssen Sie jeden Bereich einzeln abriegeln, damit wenigstens einige von uns eine Chance haben. Ich möchte nicht in ein Massengrab zurückkehren. Wenn Sie nicht mehr in der Lage sind, die Ordnung aufrechtzuerhalten, müssen Sie MAJESTÄT das Kommando übergeben.«

»Ich hoffe inständig, dass ich nicht gezwungen bin, eine solche Maßnahme zu ergreifen«, sagte Darius Fynn. Der syntronisch-positronische, mit Bioplasma von der Hundertsonnenwelt ausgestattete Zentralcomputer konnte durchaus für einige Zeit die Steuerung und den Schutz von Quinto-Center übernehmen. »Lieber wünsche ich Ihnen viel Erfolg.«

Sie begaben sich zur Transmitterschleuse, die speziell für diese Reise vorbereitet worden war. Roi Danton durchlief mehrere Dekontaminierungsprozeduren, um hundertprozentig sicherzustellen, dass kein Virus die Reise mitmachte.

Dann trat er in den Transmitter.

6.

Olymp, 10. bis 12. Juli 1318 NGZ

Um eine Verfolgung unmöglich zu machen, hatte Roi Danton mehrere Zwischenstationen eingelegt. Schließlich erreichte er die Transmitterstation der Taxit-Handelsvertretung auf Olymp, der ehemaligen Freihändlerwelt.

Olymp war wie eine zweite Erde, mit angenehmen Temperaturen, hellblauem Himmel und zumeist heiterem Wetter. Die Hauptstadt Trade City auf dem siebten Kontinent hatte sich zu einem wichtigen Handels- und Wirtschaftszentrum innerhalb der LFT entwickelt. Im Jahr 1304 NGZ hatte Roi auf Olymp die Taxit-Handelsvertretung wieder aufgebaut, und er hatte immer noch einen guten Draht zu den Spezialisten, die dort arbeiteten.

Er grinste fröhlich, als er in die verdutzten Gesichter von Marjorie Kamm, der Leiterin der Handelsvertretung, und Tanur Löw, dem Organisationsleiter, blickte.

»Chef!«, rief Marjorie. »Das ist aber eine Überraschung! Warum wurde dein Besuch nicht ordentlich angekündigt? Der Signalkode gab lediglich hohe Priorität an! Ein Glück, dass wir zum Empfang angetreten sind!«

»Hoffentlich ist es keine unangemeldete Kontrolle!«, warf Tanur Löw ein. »Wir sind nämlich überhaupt nicht vorbereitet …«

»Keine Sorge«, sagte Roi lachend. »Ich bin in einer

ganz anderen Mission hier. Ich brauche eure Hilfe, ihr müsst für mich etwas recherchieren – so unauffällig wie möglich.«

»Zuerst genehmigst du dir eine entspannende Dusche!«, entschied Marjorie Kamm energisch und führte Roi zu den Gästezimmern, die die selbstständige Handelsvertretung im Hochhaus gemietet hatte. »In einer Stunde treffen wir uns auf der Hauptterrasse wieder. Dann kannst du uns berichten, was dir auf dem Herzen liegt. Sollen wir noch weitere Mitarbeiter zusammentrommeln?«

»Nicht nötig. Deine und Tanurs Gesellschaft genügen mir vollauf.«

»Also bis in einer Stunde.«

Als Roi Danton in die Sonne hinaustrat, spürte er, wie gut es tat, in ungefilterter, frischer Luft tief durchzuatmen, den weiten Himmel über sich zu sehen und die Wärme einer echten Sonne zu spüren.

Die Hauptterrasse war eine riesige, zum Teil begrünte Plattform im sechzigsten Stockwerk, mit drei Andockklammern für Gleiter und einem voll ausgestatteten Konferenzbereich. Roi Danton suchte sich einen bequemen Sessel aus und genehmigte sich einen erfrischenden Argyris-Cocktail, bis Marjorie und Tanur eintrafen.

Zunächst legten sie dem »Chef«, wie sie ihn immer noch nannten, einige Berichte über den Status der Vertretung vor. Marjorie und Tanur waren von Anfang an dabei gewesen, doch inzwischen hatte es im Personal einige Wechsel gegeben. Die derzeitige Spezialistengruppe hatte sich bereits in mehreren Einsätzen bewährt. Die Firma finanzierte sich über den Handel und arbeitete weitestgehend autark. Sie verfügte über einen eigenen Handelsraumer und hatte Kooperationsverträge mit sechs weiteren Taxit-Händlern geschlossen.

»Ich bin in einer Angelegenheit von höchster Geheimhaltungsstufe unterwegs«, begann Roi Danton. »Deshalb kann ich euch nichts über meinen Auftrag sagen. Es ist wichtig, dass die Zahl der Mitwisser möglichst gering bleibt.«

»Damit haben wir kein Problem«, versicherte Tanur. »Gib uns nur die Informationen, die wir benötigen, um für dich tätig zu werden.«

Marjorie musterte Roi aus halb geschlossenen Augen. »Auf jeden Fall ist es etwas, das dir großen Kummer bereitet«, stellte sie fest. »Uns kannst du nichts vormachen, Roi.«

Der Oberstleutnant winkte ab. »Ich bin nur übermüdet, sonst nichts. Dieser Auftrag kostet mich sehr viel Kraft. Aber mehr als das, worum ich euch bitten will, mes amis, könnt ihr ohnehin nicht für mich tun.«

»Dann schieß los!«, forderte Marjorie ihn auf.

»Eure Aufgabe ist schnell gesagt: Findet Zheobitt für mich, schnell und diskret!«

Die Spezialisten starrten den Unsterblichen an. Es war deutlich zu erkennen, wie es in ihnen arbeitete. Sie rätselten, wozu ausgerechnet der Galaktische Mediziner benötigt wurde.

Der Ara war zu Sternenruhm gelangt, als er das galaxisweite Mutantensterben beendet hatte. Seitdem konnte er sich vor Aufträgen kaum retten, und er war ständig mit der ZENTRIFUGE II unterwegs, die Perry Rhodan ihm als Erfolgsprämie zugesichert hatte. Wenn seine teuren Dienste in Anspruch genommen werden sollten, musste die Angelegenheit von überragender Bedeutung sein.

»Hört auf, darüber zu spekulieren«, sagte Roi Danton mit einem scharfen Unterton. »Ihr werdet nicht darauf kommen, und ich werde euch nichts sagen.«

»Aber es geht um jemanden, der dir nahe steht«, lautete Marjories Diagnose. »Entschuldige, Roi, aber ich kann nicht aus meiner Psychologenhaut. Ich hätte meinen Beruf verfehlt, wenn ich nicht versuchen würde, die Situation zu analysieren.«

»Es ist also sehr ernst«, sagte Tanur.

»Allerdings. Und die Zeit brennt mir unter den Nägeln.«

Marjorie nickte. »Deshalb kümmerst du dich persönlich darum. Außerdem verhandelt Zheobitt nur mit hoch gestellten Persönlichkeiten. Trotzdem wird es nicht einfach sein, ihn zu finden, ohne die Aufmerksamkeit der Regenbogenpresse zu wecken. Die sind fast noch bessere Spürhunde als wir, sie wittern selbst auf größte Entfernung eine Geschichte. Deshalb müssen wir äußerst vorsichtig sein, und das wird leider Zeit in Anspruch nehmen.«

»Wenn ihr es nicht schafft, dann niemand«, sagte Roi.

Sie stellten keine weiteren Fragen, sondern machten sich sofort an die Arbeit. Roi blieb noch eine Weile auf der Terrasse sitzen, um in Ruhe nachzudenken.

Marjorie und Tanur machten sich zweifellos große Sorgen. Wenn ein Auftrag nicht über offizielle Kanäle laufen durfte und der Chef der USO sich persönlich darum bemühte, musste es sich um ein Problem von höchster Brisanz handeln. Aber die beiden würden nie darauf kommen, worum es tatsächlich ging … dass Quinto-Center zur Todesfalle geworden war, dass die gesamte Existenz der USO auf dem Spiel stand.

Roi rieb sich das Gesicht und gönnte sich einen zweiten Cocktail. Alles hing jetzt von ihm und von Zheobitt ab. Und von der Frage, ob überhaupt noch jemand am Leben war, wenn sie in Quinto-Center eintrafen.

Wie Marjorie und Tanur befürchtet hatten, gestaltete sich die Suche nach Zheobitt als äußerst schwierig. Es gab keinerlei Informationen, dass sich die ZENTRIFUGE II in letzter Zeit in einem Planetensystem aufgehalten hatte, und das Schiff hatte auch schon lange keine Wartungsstation mehr angeflogen. »Das ist allerdings nichts Ungewöhnliches«, fasste Marjorie zusammen, als sie einige Zeit später Roi Danton im Büro der Handelsniederlassung wieder trafen. »Zheobitt hält sich grundsätzlich an keine Vorschriften, und aufgrund seines besonderen Status gewährt man ihm fast überall freie Passage. Niemand würde es wagen, ihn deswegen zur Rechenschaft zu ziehen.«

Letzten Presseberichten zufolge hatte der Galaktische Mediziner vor einem halben Jahr an einem Kongress teilgenommen. Und zur anschließenden Gala der führenden Wissenschaftler war auch Bré Tsinga eingeladen gewesen.

»Vielleicht kann sie uns einen Hinweis geben«, sagte Roi.

Tanur stellte über Relaisschaltungen zu anderen Taxit-Vertretungen und Camelot-Büros eine Verbindung zur Kosmopsychologin her. Sie hielt sich gerade an der Universität Terrania auf.

Bré Tsingas forschende blaue Augen blitzten erstaunt auf, als sie den geheimnisvollen Anrufer erkannte. »Was für eine Überraschung! In Anbetracht des Sicherheitsaufwandes und der Tatsache, dass es drei Uhr morgens ist, nehme ich an, dass es sich nicht um einen Freundschaftsanruf handelt.«

Roi Danton rieb sich die Nase, und für einen Augenblick wirkte er verlegen. »Tut mir Leid, Bré, ich habe nicht an die Uhrzeit gedacht. Hier scheint gerade die Sonne.«

»Schon gut, Michael. *Ich* muss mich entschuldigen, für meine Unhöflichkeit, aber ich bin ein echter Morgenmuffel. Was kann ich für dich tun?«

»Ich … brauche deine Hilfe.«

»Etwas in der Art habe ich erwartet. Aber du erinnerst dich hoffentlich, dass ich mit euch Unsterblichen nicht mehr allzu viel zu tun haben möchte. Ich bin jetzt eine Privatperson.«

Roi lächelte. »Das sagt die Dekanin des Kosmo- und Exopsychologischen Lehrstuhls an der Universität, die Verfasserin zahlreicher Sachbücher und die Beraterin bei inner- und intergalaktischen Konferenzen?«

»Dann will ich es anders formulieren: Ich stehe in niemandes Diensten mehr, sondern entscheide selbst, für wen ich arbeite.«

»Und das tut dir gut. Du siehst blendend aus.«

»Danke. Ohne galaktische Abenteuer und die ganze

Verantwortung verläuft das Leben sehr viel leichter.« Bré lächelte ironisch.

»Es fehlt dir wirklich nicht?«, fragte Roi.

Sie lachte. »Ich gebe zu, dass es interessant war und mir eine Menge eingebracht hat. Aber du kriegst mich trotzdem nicht herum, ich werde nicht zur USO kommen.«

»Es war einen Versuch wert. Doch nun zu meiner Frage: Hast du eine Ahnung, wo sich Zheobitt aufhält?«

Bré Tsingas Augen waren jetzt hellwach, aber sie wusste, dass es keinen Sinn hatte, Fragen zu stellen. »Seit dem Kongress vor einem halben Jahr habe ich ihn nicht mehr gesehen, geschweige denn Kontakt zu ihm gehabt.«

»Hat er irgendetwas gesagt? Wohin er anschließend fliegen wollte?«

»Er sprach nur von einer Anfrage aus Richtung Thantur-Lok, der er nachgehen wollte. Von einer alten Bekannten, wie er sagte. Ich habe nicht weiter nachgefragt, weil es mich ehrlich gesagt nicht interessiert hat.«

»Das wäre immerhin ein Anfang«, sagte Roi hoffnungsvoll. »Dieser Hinweis grenzt unsere Suche erheblich ein.«

»Freut mich, wenn es dir weiterhilft.«

»Das tut es, Bré. Ich danke dir.«

Sie runzelte leicht die Stirn. »Geht es dir gut?«, fragte sie.

»Nein«, gab Roi zu, da er genau wusste, dass er ihr nichts vormachen konnte. »Ehrlich gesagt, ich stehe vor einem Desaster. Deswegen muss ich Zheobitt finden. Und wie sieht es bei dir aus?«

»Du sagtest, ich sehe blendend aus, und so fühle ich mich auch.«

»Wie geht es Tom? Und den Kindern?«

Bré Tsinga seufzte. »Wir sind seit etwa einem Dreivierteljahr geschieden, Michael. Immerhin hat er es über drei Jahre mit mir ausgehalten, was ich ihm hoch anrechne. Aber den Kindern geht es sehr gut, kürzlich haben sie ihren vierten und zweiten Geburtstag gefeiert. Ich sehe sie, sooft ich kann und will. Tom ist der großartigste Vater, den man sich vorstellen kann.«

»Oh«, entfuhr es Roi. »Das wusste ich nicht.«

»So spielt das Leben.« Sie fixierte ihn mit ihren durchdringenden blauen Augen. »Ich beneide dich nicht um das, was du gerade durchmachst. Ich wünsche dir alles erdenklich Gute. Und wenn du mich brauchst – du weißt, für alte Freunde bin ich immer da.«

Sie trennte die Verbindung.

»Sie hat dich Michael genannt«, stellte Marjorie fest.

»Das ist eine alte Geschichte«, wiegelte Roi Danton ab. »Haben wir jetzt eine Spur, der wir nachgehen können?«

»Wir werden es feststellen«, antwortete Tanur. »Aber ich denke, wir müssen noch jemand anderen einschalten.«

»Das wollte ich eigentlich vermeiden«, erwiderte Roi.

Marjorie und Tanur gaben sich alle Mühe. Aber die Spur verlief schließlich im Sand. Die USO-Agenten, die in Thantur-Lok operierten, konnten keine weiteren Informationen liefern. Auch im galaktischen Trivid-Netz war nichts zu finden, nicht einmal in den obskursten Ausgaben der Regenbogenpresse. Zheobitt schien völlig von der galaktischen Bühne verschwunden zu sein.

»Das bedeutet, dass wir noch vorsichtiger sein müssen«, sagte Marjorie, »denn das kann sich schnell ändern, sobald die Reporter etwas wittern. Und wenn die Meute jemals erfahren sollte, dass du Bré angerufen hast ...«

»Ja, ich sehe es ein«, gab sich Roi Danton geschlagen. »Wenn selbst die besten Spezialisten der USO nicht weiterkommen, gibt es nur noch einen Einzigen, der mir helfen kann.«

»Sollen wir ihn anrufen?«

Es kostete Roi Danton einige Überwindung. Aber schließlich stimmte er zu. »Tut es. Bittet ihn her, wenn er es einrichten kann.«

Es war der 12. Juli.

7.

Olymp, 13. bis 18. Juli 1318 NGZ

Homer Gershwin Adams traf bereits am nächsten Morgen ein. Ein kleiner, buckliger Mann mit einem mächtigen Schädel, blassgrauen Augen und hellem schütterem Haar. Im Alter von 62 Jahren war er zum potenziell Unsterblichen geworden.

Niemand hätte hinter dem Äußeren des schmächtigen, unscheinbaren Mannes einen Tycoon vermutet, den mächtigsten Wirtschaftsmagnaten aller Zeiten. Ohne seine Zustimmung und finanzkräftige Unterstützung konnte die USO nicht funktionieren. Adams galt als einer der Stellvertreter Monkeys, aber wie stets agierte er lieber aus dem Hintergrund. Er war zuständig für die Bereitstellung von Ressourcen und Geldmitteln; aus der eigentlichen Verwaltung hielt er sich heraus.

Perry Rhodans Sohn konnte sich gar nicht mehr erinnern, wann er zuletzt mit dem alten Freund gesprochen hatte. Adams lebte seit längerer Zeit sehr zurückgezogen und hatte fast jeden Kontakt abgebrochen – nicht einmal Grüße zu besonderen Anlässen, auch keine gelegentlichen Anrufe unter Freunden. Obwohl er zweifellos immer noch zum Wohl der LFT und vor allem der USO agierte, war er unverkennbar aus der Riege der Unsterblichen ausgeschert. Roi Danton konnte sich nicht vorstellen, was in diesem Mann vorgehen mochte, der einst im alten England geboren worden war. Mit Ausnahme von Atlan hatte er länger gelebt als jeder andere Mensch, sogar länger als der Terranische Resident Perry Rhodan.

Obwohl auch Roi inzwischen mehrere tausend Jahre Erfahrung vorweisen konnte, fühlte er sich in Adams' Gegenwart immer noch befangen. Ganz ähnlich musste es normalen Menschen gehen, die zum ersten Mal einem relativ Unsterblichen begegneten.

Trotzdem, dachte Roi, *ich kenne Homer schon so lange und weiß überhaupt nicht, wer er ist.*

Gleichzeitig schoss ihm ein zweiter Gedanke durch den Kopf: *Kann man einen Menschen jemals so gut kennen, dass man ihn genau einschätzen kann?*

»Ich freue mich, dass du gekommen bist«, eröffnete Roi Danton die Unterhaltung, nachdem er sich mit Homer G. Adams auf der Hauptterrasse getroffen hatte, die wieder in strahlendem Sonnenschein lag. Die Türen zum Gebäude waren verschlossen. Niemand ahnte, welch hoher Besuch sich eingefunden hatte, so dass sie ungestört miteinander reden konnten.

Adams wirkte unverändert, grau und unscheinbar wie immer, aber mit hellwachen, klaren Augen. »Es klang ziemlich dringend, als Marjorie mich anrief«, sagte er. »Normalerweise verlasse ich nur selten mein Refugium. Aber bei dir mache ich gern eine Ausnahme.« Er musterte Roi. »Du siehst miserabel aus, Junge.«

Roi entspannte sich. Diese persönliche Bemerkung war ein gutes Zeichen. Homer G. Adams würde immer der

Ältere und Erfahrenere bleiben und den fast fünfhundert Jahre jüngeren Freund möglicherweise mit Nachsicht behandeln. Diesen Vorteil wollte und musste Roi ausnutzen.

»Es geht mir auch nicht besonders gut, obwohl ich hier ständig in der Sonne liege«, gestand er. »Ich kann mich nicht entspannen, weil mir die Zeit davonläuft. Ich weiß nicht mehr, an wen ich mich sonst noch wenden könnte.«

»Wie wär's mit deinem Vater?«

Roi lachte trocken.

Adams nickte. »Schlechter Scherz. Mein Sinn für Humor war noch nie sehr ausgeprägt.«

Ein sonniger Vormittag verging auf der Terrasse, während Roi von der Epidemie in Quinto-Center erzählte und sie über mögliche Vorgehensweisen diskutierten. Es tat gut, sich endlich jemandem anvertrauen zu können, der seine Lage nachvollziehen konnte, nicht nur als potenziell Unsterblicher, sondern auch als jemand, der im weitesten Sinne der USO angehörte. Die Distanz zwischen den beiden sehr unterschiedlichen Menschen wurde spürbar geringer.

Adams war mit Roi einer Meinung, dass Zheobitt ihr einziger Rettungsanker war und trotz der Tragödie das Geheimnis von Quinto-Center bewahrt werden musste. »Du hast völlig richtig gehandelt, aber du hättest dich schon früher an mich wenden können.«

»Ich hatte mir die Suche nach Zheobitt nicht so schwierig vorgestellt. Ich hoffe nur, dass ich dadurch nicht zu viel Zeit verloren habe.«

»Wir werden sehen.« Adams stand auf und ging in Marjories Büro, besetzte ohne weitere Umstände ihren

Sessel und gab einige Daten in ihr Terminal ein. Nachdem er mit verschiedenen virtuellen Operatoren gesprochen hatte, die zumeist auf weibliche Persönlichkeitseigenschaften programmiert waren, lief die Suche an.

Adams lehnte sich zurück und zog an einer grünlich rot glühenden Teekozigarre. Ob die Wirkstoffe auch bei einem Zellaktivatorträger die Sinne schärften, war jedoch zweifelhaft. Jedenfalls hatte der Genuss keine schädlichen Nebenwirkungen.

»Ich habe es sogar schon mit Drogen versucht«, ergriff Roi Danton die Gelegenheit zu einer entspannten Konversation, um ihnen die Wartezeit zu verkürzen. »Das Übliche … Man probiert alles aus, um festzustellen, was Unsterblichkeit wirklich bedeutet. So ein Unsinn! Man kann sich nicht einmal richtig betrinken, höchstens für eine Viertelstunde, wenn man schnell eine Menge Hochprozentiges in sich hineinkippt. Manchmal war es fast unerträglich, so unendlich gesund zu sein, keine richtige Euphorie und Abgehobenheit mehr verspüren zu können. Ich habe lange gebraucht, bis ich meinen Hormonausstoß meditativ so lenken konnte, dass es wenigstens kurzzeitig funktionierte. Und dann habe ich genauso lange gebraucht, um von dieser Sucht wieder loszukommen …«

Adams zuckte mit den Schultern. »Es ist nicht ungewöhnlich, so etwas zu versuchen, wenn man jung ist und einen außergewöhnlichen Status hat.«

»Da ist noch sehr viel mehr«, murmelte Roi. »Ich hoffe, dass die Schatten der Vergangenheit eines Tages nicht zu übermächtig werden.«

»Man lernt, damit zu leben«, erwiderte Adams gleichmütig und tippte die Asche von der Teekozigarre. »Ich benutze diese Droge, um Wartezeiten zu überbrücken. Ich beschäftige mich damit, besondere Rauchringe zu erschaffen. Das ist selbst für einen Unsterblichen keine leichte Kunst. Dabei ordne ich meine Gedanken und treffe Entscheidungen. Und wenn man sich unterhält, entstehen keine peinlichen Gesprächspausen.«

»Wenn es noch länger dauert, sollte ich es vielleicht auch einmal mit diesen Zigarren probieren.«

Adams wandte seine Aufmerksamkeit einer blinkenden Anzeige zu. »Nicht nötig. Wie es aussieht, ist deine Antwort endlich eingetroffen.«

Roi Danton war beeindruckt. Seine eigenen Mittel hatten versagt, doch Adams hatte ihm nach nur zwei Stunden die gewünschte Information geliefert. Das Wirtschaftsgenie war eben schon immer ein besonderer Fall gewesen.

Adams reichte Roi Danton eine ausgedruckte Folie. »Dort wirst du Zheobitt finden. Mehr kann ich nicht für dich tun.«

»Damit werde ich ein gutes Stück weiterkommen. Du hast mir sehr geholfen, ich danke dir, Homer.«

Adams stand auf. »Viel Glück, Roi. Ich hoffe für uns alle, dass du Erfolg hast.«

Nachdem sie Homer G. Adams verabschiedet hatten, kehrten Marjorie und Tanur zu Roi Danton zurück und erwarteten weitere Anweisungen.

»Mein Reiseziel lautet Ammh Riconah«, sagte der

USO-Oberstleutnant. »Das liegt etwa 34.000 Lichtjahre von Sol und 233 Lichtjahre vom Zentrum Thantur-Loks entfernt.«

»Wir besorgen dir umgehend eine Transportmöglichkeit.« Tanur verschwand in seinem Büro.

Von der Terrasse beobachtete Roi Danton nachdenklich die Handelsschiffe unterschiedlichster Bauart, die beinahe im Minutentakt vom großen Raumhafen von Trade City starteten oder dort landeten. Es sollte kein allzu großes Problem darstellen, von Olymp aus eine Passage in einen beliebigen Teil der Milchstraße zu buchen.

Bereits nach einer Viertelstunde kehrte Tanur zurück. »Du hast Glück. Die MAHAGONI startet heute Nachmittag Richtung Arkon. Sie wird unterwegs ein paar Zwischenstopps einlegen, aber spätestens am 18. Juli kann sie dich auf Ammh Riconah II absetzen. Den Händlern ist der kleine Umweg ganz recht, denn sie hoffen, in diesem abgelegenen System neue Kunden zu gewinnen. Kommandant ist Herko Kuun, ein Springer-Abkömmling. Er glaubt übrigens, einen USO-Agenten in geheimer Mission an Bord zu nehmen, und freut sich schon auf ein Fachgespräch unter Kollegen.«

»In welcher Verkleidung möchtest du auftreten?«, wollte Marjorie wissen.

»Ich werde nicht viel an mir verändern«, sagte Roi. »Rote Kontaktlinsen, ein wenig Kosmetik, das muss reichen. Eine komplett neue Identität wäre zu aufwändig. Außerdem muss ich mich Zheobitt zu erkennen geben können.«

»Das kriegen wir hin.« Marjorie beauftragte eine Mitarbeiterin, die entsprechenden Änderungen an Rois Aussehen vorzunehmen. Seine Wangenknochen wurden stärker betont, die Lippen mittels Make-up in dünne Striche verwandelt, die Augenpartie etwas gestreckt, die Nase aufgepolstert und die Frisur ein wenig verändert. Als er in einen Spiegel blickte, erkannte Roi sich selbst kaum wieder. Vor allem die roten Augen irritierten ihn.

»Damit gehst du problemlos als Kolonialarkonide durch«, versicherte die Visagistin und gab ihm die wichtigsten Daten über ein von Arkoniden besiedeltes System, zu dem sein Aussehen passte.

»Hier ist dein Ticket, Chef.« Marjorie überreichte Roi einen Chip. »Ich habe ein Robottaxi bestellt, das dich in einer halben Stunde abholt und zum Raumhafen bringt. Hier ist auch dein gewünschter Musterkoffer mit den Perlamarinen und den goldonischen Turmalinen. Es sind natürlich keine echten Steine, sondern hochwertige synthetische Stücke, aber einer oberflächlichen Überprüfungen halten sie locker stand.«

»Danke«, sagte Roi. »Ich muss vermutlich nicht betonen, dass …«

»… wir zu strengstem Stillschweigen verpflichtet sind«, vollendete Tanur den Satz. »Natürlich nicht, Chef. Wir wollen es auch gar nicht so genau wissen. Alles Gute und viel Glück.«

»Das kann ich brauchen«, seufzte Roi.

Wenig später landete das Gleitertaxi auf der Terrasse. Das Ziel war bereits einprogrammiert, die Abrechnung erfolgte automatisch über das Taxit-Büro, sodass Roi keine Spur hinterlassen würde. Das Gefährt setzte ihn vor der MAHAGONI ab, die auf dem Frachtraumhafen bereitstand. Das Schiff war ein Kugelraumer von 200 Metern Durchmesser und schien in bestem Wartungszustand zu sein.

Neben einer Frachtschleuse stand ein zwei Meter großer, breitschultriger Mann mit feuerroten, langen Haaren und einem kinnlangen, zu zwei Zöpfen geflochtenen roten Bart. Seine Augen funkelten im morgendlichen Blau des olympischen Himmels, als er sich Roi zuwandte.

»Ich nehme an, du bist unser Passagier«, begrüßte er ihn mit tief grollender Stimme und zerquetschte seine Hand mit einem kräftigen Händedruck. »Ich bin Herko Kuun, Kommandant dieses Raumvehikels, und mit wem habe ich die Ehre?«

»Ich bin Tyk Salazar, Händler aus Rim Koh, der Welt unter blutroter Sonne«, stellte Roi sich vor und gab ihm die Chips mit dem Ticket und seinen gefälschten ID-Daten.

»Von diesem seltsamen System habe ich noch nie gehört.«

»Wie mir gesagt wurde, hast du vorher auch noch nie von Ammh Riconah gehört«, erwiderte der angebliche Händler freundlich. »Und beide Systeme haben eine weitere Gemeinsamkeit. Sie liegen weit außerhalb der Zonen, in denen sich das wirtschaftliche und politische Leben der Milchstraße tummelt. Dennoch gehören sie wieder dem herrlichen Kristallimperium an und müssen über jedes Geschäft froh sein, das ihre Autarkie bewahrt. Aus diesem Grund will ich mich ans andere Ende der Galaxis begeben und versuchen, einen guten Vertrag abzuschließen, von dem beide Seiten profitieren.«

»Der spricht vielleicht geschwollen!«, erklang eine weitere Stimme. Eine Frau, unverkennbar Zaliterin mit kupfernem, leicht ins Grünliche schimmerndem Haar und rotbrauner Haut, war hinzugekommen. Sie kaute absichtlich geräuschvoll auf einer Gubar-Wurzel und grinste Roi Danton an. »Hast wohl etwas dünnes Blut in den Adern, Bursche!«

»Nicht mehr als du«, erwiderte Roi und reckte leicht indigniert das Kinn. »Und du bist …?«

»Barièta, das muss für dich genügen. Ich bin die Erste Pilotin der MAHAGONI. Wenn du mir nicht in die Quere kommst, werden wir uns bestens vertragen.« Mit einem schnalzenden Geräusch zog sie die halb zerkaute Wurzel aus dem Mund und warf sie weg. Dann kehrte sie zu den Frachtarbeitern zurück, die gerade die letzten Stücke verluden, und kommandierte sie mit kräftiger Stimme herum.

Herko Kuun lachte. »Barièta ist völlig vernarrt in billige Trivideo-Piratenfilme. Sie kann gar nicht genug davon kriegen. Das scheint allmählich auf sie abzufärben. Kümmere dich nicht um sie. Gehen wir an Bord, ich zeige dir deine Unterkunft. Darf ich …?«

»Nein danke, mein Gepäck nehme ich selbst«, sagte der Passagier hastig und raffte den Musterkoffer und eine kleine Tasche an sich.

Der Kommandant beobachtete aus dem Augenwinkel den unscheinbaren Koffer, aber er verlor kein weiteres Wort darüber.

Tyk Salazar äußerte sich sehr zufrieden über das geräumige, gut eingerichtete Quartier, während sich Roi Danton fragte, wie sich diese Passage in den Büchern der Olymp-Vertretung niederschlagen würde.

»Gleich nebenan findest du eine Messe«, erklärte der Kommandant. »Entferne dich lieber nicht zu weit von deinem Quartier, denn meine Leute werden nervös, wenn Fremde durch das Schiff streifen.« Er deutete auf den Musterkoffer. »Vor allem solltest du deine Sachen ständig selbst bewachen. Ich kann keine Garantie übernehmen, wenn etwas abhanden kommt. Dies ist kein gewöhnliches Passagierschiff.«

»Keine Sorge«, versicherte der Gast, »ich bin nur an einer schnellen, ruhigen Reise interessiert. Ich würde höchstens darum bitten, ein Terminal für Informationen nutzen zu dürfen.«

»Das lässt sich einrichten«, sagte Herko Kuun. Dann zögerte er. »Gibt es sonst noch etwas zu besprechen?«

»Nein, alles ist in bester Ordnung.«

»Ich dachte mir … von Händler zu Händler könnten wir vielleicht ein paar Informationen austauschen«, redete Kuun um den heißen Brei herum.

»Du weißt doch«, sagte Tyk Salazar freundlich, »dass man keine Pflanzen ernten sollte, die noch gar nicht gesprossen sind. Ich kann dir versichern, dass mein Auftrag ehrenhafter Natur ist.«

»Und … in dem Koffer … sind Muster?«

»Genau das.« Tyk Salazar dachte kurz nach, dann öffnete er den Koffer, indem er den Kode eingab. Das pyramidenförmige Behältnis klappte auf drei Seiten auf, die Schubladen wurden automatisch ausgefahren und präsentierten auf dekorativem Samt kostbare Edelsteine.

Herko Kuuns Augen reflektierten das Leuchten der irisierenden Turmaline und den Glanz der verschiedenfarbigen Perlamarine. »Darf ich?«

»Nur zu.«

Der Kommandant nahm einen nachtblauen Perlamarin heraus, hielt ihn prüfend ans Auge und drehte ihn hin und her. »Gute Arbeit, damit könntest du durchaus Erfolg haben.« Dann lachte er. »Alles in Ordnung«, sagte er und wirkte plötzlich erleichtert, dass die MAHAGONI tatsächlich nur als Transportmittel benutzt wurde. »Meine Leute werden dich gewiss nicht behelligen. Die haben bessere Augen als ich.«

»Dann hoffe ich, dass meine Käufer schlechtere Augen haben«, murmelte der angebliche Tyk Salazar ein wenig gekränkt, während der Kommandant sein Quartier verließ.

Andererseits war kein Händler so verrückt, mit echten Juwelen auf Kundenfang zu gehen. Meistens wurden Imitate präsentiert, die die besonderen Eigenschaften des Originals demonstrieren sollten. Und vielleicht wollte Tyk Salazar ja mit synthetischen Steinen handeln. Modeschmuck war sehr beliebt und wurde in allen Preisklassen angeboten. Vor allem an Replikaten der nicht mehr verfügbaren und daher äußerst kostbaren rauchgrauen Perlamarine herrschte starke Nachfrage.

Jedenfalls schien Tyk Salazar ziemlich in Herko Kuuns Achtung gesunken zu sein. Der Kommandant schien ihn nun für einen kleinen Kurier der Organisation zu halten, für die sie beide arbeiteten. Roi Danton sollte es recht sein.

Für einen Moment fühlte er sich wieder fast wie damals, in unbeschwerteren Tagen, als die Verkleidung sein Standard gewesen war. Als niemand hinter der Maske des Adeligen aus dem terranischen französischen Rokoko Perry Rhodans Sohn vermutete. Was kein Wunder war, wenn er in samtenen Kniehosen und Rüschenhemd, mit Juwelen besetzten Schnallenschuhen, Dreispitz, altmodischen Pistolen und Kavaliersdegen aufgetreten war. Dazu das gezierte Auftreten, das ewige Spötteln, das Überdramatisieren jeder Situation, die nach einem »Oro, mein Riechfläschchen!« verlangte.

Aber diese Zeiten waren vorbei, für immer. Jedoch waren ihm Name und Erinnerungen geblieben, und das war schon sehr viel. Daran hatte er sich festgehalten, nachdem er alles verloren hatte. Es war eine Identität, und sie hatte ihm die Gewissheit gegeben, dass er trotz allem immer noch ein Mensch war.

Eine Stunde später war die MAHAGONI startbereit. Roi Danton konnte den Abflug über ein Holo in seinem Quartier beobachten. Er hoffte inständig, dass er auf dem richtigen Weg war und Zheobitt fand …

Um sich abzulenken, aktivierte er sein Terminal und rief vom Datenwürfel, den Marjorie ihm mitgegeben hatte, Informationen über sein Ziel ab. Ammh Riconah gehörte zu einer losen Gruppe von insgesamt sieben Systemen, die im Leerraum über einen Sektor von etwa zwanzig Lichtjahren Durchmesser verstreut waren.

Ammh Riconah II war ein mondloser Planet mit rund 13.000 Kilometern Durchmesser und einer Gravitation von 1,22 Gravos. Es gab insgesamt drei Hauptkontinente, und die mittlere Temperatur betrug lediglich neun

Grad Celsius. Die übrigen fünf Planeten waren unbewohnbar.

Bis 1296 NGZ war das System eine autonome Baronie gewesen und wurde danach zum Eintritt ins Kristallimperium »überredet«. Nert Jharien da Ammh Riconah regierte das System, eine willensstarke Frau, mit der Perry Rhodan 1303 nach seiner Flucht aus Thantur-Lok, nach der Entstehung der negativen Superintelligenz SEELENQUELL, Bekanntschaft gemacht hatte. Zusammen mit Zheobitt und den Überlebenden von der havarierten ZENTRIFUGE hatten sie den Planeten mit letzter Kraft in einem Rettungsboot erreicht. Nach der Bruchlandung hatte die Baronin ihnen zur weiteren Flucht verholfen. Obwohl überzeugte Arkonidin, hielt Nert Jharien nichts von den Machtbestrebungen des Imperators Bostich, und es war ihr daher ein Vergnügen, ausgerechnet dem Erzfeind Seiner Erhabenheit behilflich sein zu können. Umso mehr, als Zheobitt ihr nach einem Giftanschlag das Leben rettete.

Er genießt hohes Ansehen auf dieser Welt, dachte Roi. *Daher wäre es durchaus plausibel, dass er sich dort aufhält. Andererseits ist die Baronie verarmt, woran sich in den vergangenen fünfzehn Jahren kaum etwas geändert haben dürfte. Aber Jharien ist eine tüchtige Geschäftsfrau, und die beiden haben sich Berichten zufolge blendend verstanden. Und Perry wurde ebenfalls als Freund verabschiedet. Also kann ich mich dort trotz der Nähe zu Arkon möglicherweise recht frei bewegen – und mich vielleicht sogar zu erkennen geben.*

Jedenfalls hätte es schlimmer kommen können.

Als Nächstes rief Roi Danton die Daten über den Galaktischen Mediziner auf. Er kannte Zheobitt zwar persönlich, aber nicht besonders gut. Also konnte es nicht schaden, wenn er seine Erinnerungen durch das von Marjorie erstellte Profil auffrischte.

Das Holo zeigte das Bild eines etwas über zwei Meter großen, dürren Aras mit dem typischen haarlosen, spitz zulaufenden Schädel. Das Gesicht wirkte ausgezehrt, der schmallippige Mund und die scharfrückige Nase unterstrichen den Eindruck eines asketischen, humorlosen Mannes.

Die Augenlider waren mit blauen Symbolen tätowiert, die »Bannsprüche« darstellen sollten: »Schweige und verbeuge dich vor der Erhabenheit des Meisters« und »Übe keinen Zweifel an der Unfehlbarkeit des Meisters«. Eingerahmt wurden sie von Flüchen, unter denen jeder zu leiden hätte, der gegen diese beiden Gebote verstieß.

Das war aber nicht das einzige bemerkenswerte körperliche Merkmal des Galaktischen Mediziners. Er hatte eine Menge Operationen an sich selbst durchgeführt. Die Augen fielen auch Nichteingeweihten sofort auf. In jeden Augapfel hatte Zheobitt eigenhändig 180 winzige Laserlichterzeuger implantiert, die nur dann erloschen, wenn er die Augen schloss. Dadurch wurden die Augen in der Nacht zu Scheinwerfern.

Alle Finger der linken Hand waren modifizierte Replikate, sie waren kürzer und dünner als normale Finger, aber voll beweglich und dadurch für mikrochirurgische Arbeiten geeignet. Die Nägel waren skalpellscharfe Klingen, die meist von selbsthaftenden, schwarz lackierten Kunststoffkappen bedeckt waren.

Zheobitts Nase verfügte über implantierte biochemische Geruchsrezeptoren, mit denen er auf große Distanz Gifte, Endorphine und andere Substanzen wahrnehmen konnte.

Schließlich hatte der Ara sich selbst kastriert, um frei von jeglicher hormoneller Beeinflussung zu sein.

Eine Handlung, die Roi Danton in keiner Weise nachvollziehen konnte. Er verspürte ein unangenehm ziehendes Gefühl, als er diese Information las, und wechselte schnell zum nächsten Abschnitt des Berichts.

Darin ging es um Kreyfiss, den ständigen Begleiter des Medikers. Der Blender vom Planeten Ariga sah aus wie ein siebzig Zentimeter hoher, fetter Hase mit langen, muskulösen Hinterbeinen und kräftigen, krallenbewehrten Vorderläufen. Sein langschnäuziger Kopf war mit steil aufgestellten, handspannenlangen Ohren und großen sanften Augen ausgestattet. Kreyfiss diente Zheobitt als wandelndes Biolabor. Aus den zwei Dutzend zitzenartigen Drüsen im Hals- und Schulterbereich ließen sich diverse biochemische Substanzen zapfen.

Nach der Heilung der Monochrom-Mutanten im Jahr 1304 NGZ war Zheobitt zum Mantar-Heiler ernannt worden und hatte die ZENTRIFUGE II übernommen.

Alles in allem war Zheobitt ein phänomenaler, gewissenloser Mann, der seine wahrhaft geniale Heilkunst nur gegen Geld anbot. Oder sich einer Herausforderung stellte, die seinem Genius alles abverlangte.

Roi Danton wollte die erzwungene Ruhephase auf dem Flug nach Ammh Riconah nutzen, um seine Strategie vorzubereiten. Deshalb prägte er sich alle Informationen genau ein und studierte besonders aufmerksam den Werdegang des Mediziners. Irgendwo musste es einen Punkt geben, an dem er ansetzen konnte, um Zheobitts Unterstützung zu gewinnen …

Dann stieß Roi auf eine Stelle, die sein Interesse weckte, und ein lebhafter Glanz trat in seine Augen.

8.

Quinto-Center, 13. bis 18. Juli 1318 NGZ

Als Lejure Makaam endlich wieder in ihr Quartier durfte, verhielt sich Lorry Quay anfangs sehr reserviert. Doch er konnte sich nicht lange zurückhalten. Schon nach kurzer Zeit platzte es aus ihm heraus: »Was war los? Hast du kein Vertrauen mehr zu mir? Warum schweigst du so hartnäckig?«

»Lorry, du kennst doch die Vorschriften!«, verteidigte sich die Rubinerin. »Ich kann nicht darüber reden, zumindest jetzt noch nicht. Als Kadett solltest du das einsehen.«

»Ach was!« Lorry stapfte auf seinen langen dreizehigen Vogelbeinen in der Unterkunft auf und ab. Sein ungefiederter Hals war vor Erregung blau angelaufen. »Es muss doch Ausnahmen geben! Du kannst mir nicht erzählen, dass sich alle jederzeit exakt an die Vorschriften halten! Das würde gar nicht funktionieren, denn als Spezialist muss man improvisieren können!«

Lejure kauerte auf ihren großen Füßen am Boden und hatte die Hände in den Bauchtaschen vergraben. »Das hat nichts mit Improvisation zu tun, das wäre Verrat, Lorry! Ich werde meine Karriere nicht aufs Spiel setzen, um deine Neugier zu befriedigen!«

»Ich habe mir Sorgen um dich gemacht!« Lorry baute sich mit weit gespreiztem Kopffederbusch vor Lejure auf.

»Weißt du überhaupt, was hier los ist? Keiner sagt uns etwas! Aber ständig die Alarmbereitschaft, die Ausgangssperren … und es kursieren jede Menge Gerüchte!«

»Die kursieren immer«, spielte Lejure die Sache herunter. »Sobald etwas außerhalb der normalen Bahnen verläuft, geht das Gequatsche los. Dabei weiß keiner etwas, diese Leute wollen sich nur wichtig machen. Nicht mal die USO ist dagegen gefeit.«

Lorry schüttelte heftig den Kopf, dass die Federn nur so flogen. »Nein, da ist schon was dran, Lejure. Hier stimmt etwas nicht, das kann ich förmlich riechen. Eine ganz große Sache. Und du steckst irgendwie mit drin, mach mir nichts vor!«

Lejure ließ die Ohren hängen. »Ich kann dir nicht mehr sagen, als dass ich für Kammoss einen Nanoroboter konstruiere, der besonderen Anforderungen entsprechen muss.«

»Das hast du schon bei unserem letzten Abendessen gesagt. Dann gehst du zu diesem Markus Fall rüber, der kurz darauf den Löffel abgibt, und bleibst tagelang im Labor! Ich würde gerne wissen, in *welchem* Labor, denn bei Kammoss warst du nicht. Ich war nämlich dort!«

»Lorry, hör endlich auf!« Lejures normalerweise tiefe Stimme sprang drei Oktaven höher; allmählich hatte sie genug. »Wenn du mir nur hinterherspionieren oder Vorwürfe machen willst, solltest du in dein Quartier verschwinden und dich hier nicht mehr blicken lassen, bis du dich abgeregt hast! Ich hatte mich so sehr darauf gefreut, dich wiederzusehen – und was für einen Empfang bereitest du mir?«

Dieser Appell brachte Lorry auf den Boden der Tatsachen zurück. Er kniete neben Lejure nieder und bat zerknirscht um Entschuldigung. Und zur Versöhnung begann er, zärtlich mit der Schnabelspitze ihr Fell zu zausen …

Zwei Tage später gingen Lejure und Lorry in ihr Lieblingsrestaurant. Es war wieder alles wie früher, und sie ließen sich das Essen schmecken. Beim Nachtisch tauchte ein Kadett auf, der dieselbe Ausbildungsstufe wie Lorry durchlief.

»Hast du schon davon gehört?«, fragte er den Scü.

»Kommt darauf an, was du meinst«, erwiderte Lorry nur halbwegs interessiert.

»Wir werden es morgen bei der Prüfung leicht haben. Fünf Kadetten haben sich krankgemeldet.«

Lorry blinzelte. »Gleich fünf?«

»Zwei fühlen sich total schlapp und den Anforderungen nicht gewachsen, zwei haben sich eine Grippe eingefangen, und einer nutzt die Situation aus.«

»Eine Grippe? Hoffentlich habe ich mich nicht angesteckt!«, sagte Lorry aufgeregt. »Wie konnte jemand eine Grippe in Quinto-Center einschleppen?«

Der Kadett hob die Schultern. »Bei dem ständigen Kommen und Gehen ist das fast unvermeidlich. Es wundert mich eher, wie selten so etwas passiert. Wir sehen uns morgen. Sei fit!«

»Klar. He, warte mal!«

»Was ist?«

»Du hast da was am Auge, Dreckfink.«

Der Kadett rieb sich das Augenlid und betrachtete seinen Finger. »Nanu, das sieht aus wie Blut! Anscheinend habe ich mich heute beim Training verletzt. Aber ich kann auch mit einem Auge kämpfen.«

»Trotzdem solltest du damit zum Arzt gehen«, riet Lorry ihm. »Wäre blöd, wenn du morgen auch noch ausfällst. Lässt sich bestimmt ganz leicht kurieren.«

»Hast Recht. Bis morgen!«

»Meine Aussichten werden immer besser!« Mit einem fröhlichen Schnabelklicken wandte sich Lorry wieder Lejure zu. »Morgen haben wir bestimmt einen Grund zum Feiern … Stimmt etwas nicht?«

Lejure saß wie erstarrt da, ihre Augen hatten einen glasigen Ausdruck angenommen. Als Lorry an ihrem Arm rüttelte, kam sie wieder zu sich. Sie strich sich die Tasthaare glatt und atmete tief durch. »Entschuldige, Lorry. Mir ist gerade etwas eingefallen, was mit meiner Arbeit zu tun hat.«

»Schon verziehen. Auch ich bin wegen morgen ziemlich angespannt. Vielleicht sollten wir heute früh zu Bett gehen, und zwar jeder in seines. Und morgen Abend wird gefeiert, was das Zeug hält, einverstanden?«

Lejure nickte stumm. »Das ist sicher eine vernünftige Entscheidung. Bis morgen Abend, Lorry, und … viel Glück bei der Prüfung!«

Als Lorry am nächsten Tag nach Dienstschluss bei Lejure vorbeischaute, war er keineswegs so aufgekratzt, wie sie gehofft hatte. Dabei hatte er die Prüfung mit einer guten Bewertung abgeschlossen. Die Rubinerin gab sich Mühe, ihn aufzuheitern. Sie konnte ihn schließlich dazu überreden, seinen Erfolg mit einem gemeinsamen Abendessen zu feiern. Trotzdem verlief das Dinner recht schweigsam. Lorry stocherte nur in seiner Mahlzeit herum, und Lejure war mit ihren Gedanken ohnehin im Labor.

Der Nanoroboter war fast fertig und konnte wahrscheinlich schon morgen die Arbeit aufnehmen. Lejure hatte sich selbst als Probandin zur Verfügung gestellt. Gleichzeitig wurde ein zweiter Prototyp angefertigt, der bei einem Humanoiden eingesetzt werden sollte. Sie hoffte, dass es ihnen damit endlich gelang, das Virus zu identifizieren.

Zum Glück ging es den meisten Infizierten noch ganz gut. Vielleicht, weil sie keine Zeit hatten, sich zu entspannen. Die Körperfunktionen liefen auf Hochtouren und gaben dem Virus keine Chance. Sie mussten nur darauf achten, nicht unter zu viel Stress zusammenzubrechen, denn das würde den Krankheitsverlauf mit Sicherheit negativ beeinflussen.

»Immer mehr Leute werden krank«, sagte Lorry unvermittelt. »Das habe ich auch von anderen Sektionen gehört. Die Kranken werden auf die Medostationen gebracht und isoliert. Niemand darf sie besuchen. Das ist sehr merkwürdig, findest du nicht auch?«

»Es ist auffällig«, stimmte Lejure ihm zögernd zu. »Aber es ist bestimmt viel Übertreibung dabei. Wahrscheinlich ist es nur halb so wild.«

»Wenn du meinst … Jedenfalls wurde uns mitgeteilt, dass die praktische Ausbildung bis auf weiteres gestoppt ist und theoretischer Blockunterricht eingeschoben wird. Ich nehme an, weil fast ein Drittel der Kadetten nicht zur

Prüfung erschienen ist. Ich glaube, die haben die Anforderungen zu hoch geschraubt. Auch ich fühle mich ziemlich erschöpft und bin offen gestanden froh, wenn ich mich in der nächsten Zeit körperlich nicht mehr allzu sehr anstrengen muss.«

»Immerhin sollten die Kadetten die Abschlussprüfung lebend überstehen«, scherzte Lejure.

Monkeys Hölle hieß nicht umsonst so. Die Kadetten wurden unter härtesten Bedingungen getrimmt, die zu fast hundert Prozent real waren. Es wurde natürlich darauf geachtet, dass die angehenden Spezialisten nicht in wirkliche Lebensgefahr gerieten; trotzdem blieben Unfälle nicht aus.

Lorry sah sich im Restaurant um. Die Stimmung der wenigen Gäste war spürbar gedämpfter als sonst. »Komm, lass uns gehen und zu Hause noch ein Glas trinken«, sagte er.

Sie verließen das Restaurant und wanderten langsam durch die matt erleuchteten Gänge zu den Quartieren.

»Weißt du, was mir noch aufgefallen ist?«, sagte Lorry nach einer Weile.

»Was?«

»An exponierten Stellen wie den Schleusen, Antigravschächten und so weiter sind Roboter aufgestellt worden. Obwohl der Alarm aufgehoben wurde und Darius Fynn bekannt gegeben hat, dass die Gefahr vorüber sei. Hier stimmt etwas nicht, Lejure, und ich frage mich …«

»Lorry«, unterbrach Lejure ihn. »Lorry, ich muss dir was sagen. Aber nicht hier, sondern im Quartier. Tu mir den Gefallen und sei so lange still. Denke nicht laut nach und stelle auch keine Fragen.«

Lorry musterte sie mit leicht schief gelegtem Kopf. »Okay …«, sagte er gedehnt. Und beschleunigte seine Schritte, als könne er es gar nicht abwarten.

»Es ist viel schlimmer, als du vermutest«, begann Lejure, kaum dass sich die automatische Tür hinter ihnen geschlossen hatte. »Und vor allem darfst du mit niemandem darüber sprechen, versprichst du mir das? Ich kann einfach nicht mehr schweigen. Du sollst es von mir erfahren, nicht aus der Gerüchteküche.«

Lorry Quay kauerte sich auf einen Sessel. »Dann schieß los.«

Nun erzählte Lejure Makaam ihrem Freund alles, von Markus Falls Erkrankung bis zu Roi Dantons Abreise. Lorry sagte die ganze Zeit kein Wort und wirkte zutiefst schockiert.

Nachdem Lejure geendet hatte, herrschte für einige Minuten völliges Schweigen. Sie wagte es nicht, ihrem Freund in die Augen zu sehen.

»Also hat es uns alle erwischt?«, fragte Lorry schließlich.

Lejure nickte mit eingeklappten Ohren. »Mich, dich, jeden von uns. Sie ließen mich gehen, als feststand, dass du auch betroffen bist.«

»Aber … das kann nicht sein! Ich meine, ich wurde erst vor ein paar Tagen untersucht, und sie sagten mir … Oh, jetzt verstehe ich! Das war gar kein Routinecheck.«

Lejure nickte. »Anhand der Analysen von Markus Falls Blut konnten wir zumindest die Art der Zellzerstörung identifizieren. Nach der Infizierung verändert sich sofort die Anzahl der Leukozyten, der Zellzerfall setzt ein … Wir wissen nicht, *wie* es geschieht, aber wir können sehen, *dass* es geschieht.«

»Aber … wie konnte es dazu kommen … ausgerechnet in Quinto-Center?«

»Wir glauben, dass Markus Fall das Virus eingeschleppt hat.«

»Aber du hast doch gesagt, die Routineuntersuchung nach seiner Rückkehr hätte nichts ergeben!«

»Das ist richtig. Vielleicht war das Virus zu diesem Zeitpunkt noch inaktiv. Er könnte schon seit Jahren ein schlafendes Virus in sich getragen haben, das durch eine winzige Veränderung, zum Beispiel eine kleine Verletzung, aktiviert wurde. Als Markus Fall erkannte, was los war, war es bereits zu spät. Er hatte das Virus schon überall verbreitet.«

An Lorrys Hals hatten sich blaue und rote Flecken gebildet. Seine Federn sahen aus, als wäre er in der Mauser. »Und du hast das alles gewusst?«

»Ja, Lorry. Es tut mir Leid.« Lejures Ohren hingen schlaff herunter. »Ich durfte mit dir nicht darüber reden, ich darf es auch jetzt nicht! Aber ich glaube, ab morgen weiß es sowieso ganz Quinto-Center.«

»Wie viel Zeit bleibt uns noch?«

Lejure hob die Hände. »Das kann niemand vorhersagen. Es könnte sehr schnell gehen. Bei jedem entwickelt sich das Virus anders.«

»Haben die Leute, die schon erkrankt sind, eine Chance?«

»Ich glaube nicht.«

»Und wir?«

»Das hängt davon ab, wann Roi Danton mit Zheobitt zurückkommt und ob rechtzeitig ein Gegenmittel gefunden wird.«

Die beiden schwiegen lange Zeit.

Dann explodierte Lorry. Er ging auf Lejure los, schrie sie an, tobte durch das Quartier. Aus Lejures Augen, der Nase, sogar den Ohren kullerten klare Tropfen. Sie saß still da und ließ Lorry gewähren.

Bis er vor Erschöpfung aufgeben musste. Mit flatternder Zunge im aufgerissenen Schnabel ließ er sich zu Boden sinken, schnappte nach Luft und nach Worten.

»Lorry …«, flüsterte Lejure, »mit einem solchen Wutanfall machst du es nur schlimmer. Du musst ruhig bleiben. Umso länger können wir durchhalten.«

»Ich … ich verstehe es einfach nicht …«, wimmerte er.

»Wir müssen uns zusammenreißen«, schniefte Lejure verzweifelt. »Wir … wir werden sterben. Also müssen wir … die verbleibende Zeit nutzen …«

Die Rubinerin kroch auf den Scü zu, dann klammerten sie sich aneinander wie verlassene Kinder, zitternd und ängstlich.

Zwei Tage später, am 18. Juli, gab Darius Fynn über Interkom ein offizielles Statement ab, das auch Lejure und Lorry in ihrem Quartier mitverfolgten. Der stellvertretende Leiter von Quinto-Center musste eingestehen, dass die kursierenden Gerüchte von der Wahrheit sogar noch übertroffen wurden. Im USO-Hauptquartier war eine Seuche ausgebrochen, deren Ursprung unbekannt war. Nur ihre Auswirkungen ließen sich in konkreten

Zahlen beschreiben: Bis jetzt hatte sie einundfünfzig Todesopfer gefordert.

Lorry drückte Lejures Hand, während er erstaunlich gefasst Darius Fynns Worte verfolgte. Offenbar musste er an die mehreren tausend Mitarbeiter denken, die bis zu diesem Zeitpunkt nicht das Geringste von der Katastrophe geahnt hatten.

»Ich bitte Sie alle um Disziplin und Mitarbeit«, sagte Fynn. »Vergegenwärtigen Sie sich, dass jeder in Quinto-Center betroffen ist, ohne Ausnahme. Auch der gesamte Führungsstab, mich selbst eingeschlossen, ist infiziert.« Er sprach in unbewegtem Tonfall, als ginge ihn das alles im Grunde gar nichts an.

»Ich bin mir nicht sicher, ob das der richtige Weg ist, um die Leute bei der Stange zu halten«, überlegte Lejure laut. »Ich verstehe, dass er allzu heftige Emotionen vermeiden will. Aber wenn er sich völlig unbeteiligt gibt, glaubt ihm keiner, dass er auch betroffen ist.«

»Das ist eben seine Art«, sagte Lorry. »Ich glaube eher, dass er das Vertrauen verlieren würde, wenn er sich jetzt plötzlich als Mensch geben würde.«

Darius Fynn berichtete, dass Roi Danton, von dem man mit Sicherheit wusste, dass er nicht infiziert war, gegenwärtig versuchte, Hilfe von außen zu holen. Wenn jemand ein Wunder vollbringen konnte, dann war es der Mantar-Heiler Zheobitt.

Noch fielen die Worte des Stellvertretenden Kommandanten auf fruchtbaren Boden. Die USO-Spezialisten waren allesamt Profis, sie hatten sich in vielen Einsätzen bewährt und waren nerven- und willensstark. Davon konnten Lejure und Lorry sich überzeugen, als sie sich später auf den Gängen mit verschiedenen Mitarbeitern unterhielten. Natürlich wurde lebhaft über die schockierende Neuigkeit diskutiert, doch die meisten waren sich einig, dass die Disziplin gewahrt bleiben musste. Alle, die sich nicht aktiv an der Bekämpfung der Seuche beteiligen konnten, sollten in ihren Quartieren bleiben und sich ruhig verhalten. Lejure wies sie noch einmal darauf hin, wie wichtig es war, beim ersten Anzeichen von Unwohlsein sofort den medizinischen Dienst zu rufen.

Das ansonsten lebhafte Treiben in Quinto-Center kam fast vollständig zum Erliegen. In den Gängen herrschte geisterhafte Stille, Messen und Freizeiteinrichtungen waren wie ausgestorben.

Lorry gelang es, die Ruhe zu bewahren, auch wenn er mehr als die anderen USO-Mitarbeiter unter dem Vertrauensbruch litt, weil die Krise so lange verheimlicht worden war. Lejure war erleichtert, wie diszipliniert die meisten auf die Nachricht reagiert hatten. Trotzdem fürchtete sie sich vor dem Augenblick, in dem die Betroffenen das ganze Ausmaß der furchtbaren Wahrheit erkannten. Wenn ihnen mit aller Konsequenz bewusst wurde, dass sie zum Tode verurteilt waren.

Vorläufig schien jeder dem anderen beweisen zu wollen, dass er selbst in einer schwierigen Situation einen kühlen Kopf bewahren konnte. Doch das konnte sich schnell ändern, wenn es ums nackte Überleben ging. Angesichts des drohenden Todes setzten Logik und Vernunft aus, obwohl jeder wusste, dass Panikreaktionen die negativen Folgen nur verstärken würden.

Von nun an war Quinto-Center ein Pulverfass, dessen Lunte bereits brannte.

9.

Ammh Riconah, 19. bis 20. Juli 1318 NGZ

Roi Danton erwachte mitten in der Nacht. Er spürte, dass er nicht mehr allein in seiner Kabine war. Und er hatte keine Waffen in Reichweite. Er verfluchte sich für diesen sträflichen Leichtsinn. Er hatte geglaubt, an Bord des Handelsraumers keine besonderen Vorsichtsmaßnahmen treffen zu müssen.

Er blieb reglos im Dunkeln liegen und atmete ruhig und gleichmäßig weiter, wie in tiefem Schlaf. Bald hörte er leise Geräusche, ein verhaltenes Atmen, sachtes Kratzen von Schuhsohlen auf dem Teppichboden. Vor dem holographischen Aussichtsfenster glitt ein Schatten vorüber und bewegte sich in Richtung des Tisches, auf dem der Musterkoffer stand.

Obwohl sich Roi Danton völlig still verhalten hatte, war sein Körper angespannt und einsatzbereit. Plötzlich schnellte er hoch, sprang über die Distanz von zwei Metern bis zum Tisch, seine Arme umschlangen den Eindringling und rissen ihn zu Boden. Der Fremde stieß einen erstickten Laut aus und versuchte, sich von Rois Gewicht zu befreien.

»Ich hätte dich für schlauer gehalten, Barièta«, zischte der relativ Unsterbliche und rief dann: »Lichtautomatik an!« Für einen Moment schloss er geblendet die Augen, als es in der Kabine hell wurde.

»Woher wusstest du …?«, stammelte die Zaliterin.

Roi blickte grinsend auf das wütende Gesicht der Pilotin hinab, die sich in seinem Griff wand. »Kein anderes Mitglied der Besatzung hat eine Statur wie du. Allerdings hatte ich schon viel früher mit deinem Besuch gerechnet. Insofern hast du mich tatsächlich überrascht.«

Ihre Augen verschossen Blitze. »Wer bist du?«

»Das geht dich nichts an.« Roi stand auf und zerrte Barièta hoch. »Wieso bist du an synthetischen Steinen interessiert? Herko hat doch sicher erwähnt, was sich in meinem Koffer befindet!«

»Herko, pah!« Sie tat, als würde sie ausspucken. »Er ist ein Idiot. Denn er hält dich für einen. Aber ich habe schon oft genug mit deiner Sorte zu tun gehabt. Deshalb war ich mir sicher, dass der Tand nur Täuschung ist und du echte Steine dabeihast. In einem Koffer von dieser Konstruktion lässt sich jede Menge Schmuggelware unterbringen.«

»Und da wolltest du dir einen Anteil sichern.«

»Na klar! Denkst du, mit meiner Heuer könnte ich mir große Sprünge erlauben?«

Roi ließ sie los und stieß sie zurück. »Du bist an den Falschen geraten, Süße. Ich bin kein Schmuggler.«

»Welch eine Überraschung!« Sie rieb sich das Handgelenk. »Aber auch kein einfacher Händler.«

»Neugierde kann sehr schädlich sein, Barièta. Verschwinde jetzt. Dann werde ich nachsichtig sein und dein Eindringen nicht melden.«

»Den Zakut werde ich tun! So einfach wirst du mich nicht los. Wenn du nicht auffliegen willst, musst du mich beteiligen.«

»Woran? Ich bin nicht auf Profit aus.«

»Erzähl mir nichts! Jeder will sich ein Stück vom großen Kuchen sichern. Ich habe dich beobachtet. Du bewegst dich nicht wie ein einfacher, harmloser Mann. Du bist es gewohnt, Befehle zu erteilen und im Luxus zu leben. Ich glaube nicht, dass du auch nur ein Quäntchen arkonidisches Blut in den Adern hast, Herr Namenlos. Wenn ich lange genug rate, komme ich bestimmt darauf, wer du bist!«

»So viel Zeit werde ich dir nicht geben.« Roi machte einen drohenden Schritt auf die Zaliterin zu. »Denkst du, Herko wird dich sehr vermissen?«

Bariètas Hand glitt zur Hüfte. Dann wurde sie blass.

Roi Danton hielt einen Ministrahler hoch. »Suchst du den?«

Sie wich zurück. Ein furchtsames Flackern trat in ihre Augen, aber nur für eine Sekunde. Dann stellte sie sich auf die neue Situation ein. Mit lasziver Körperhaltung kam sie herausfordernd lächelnd näher. »Kein Grund, die Nerven zu verlieren«, sagte sie schnurrend. »Es muss doch einen anderen Weg geben, sich zu einigen.«

»Sich zu *ver*einigen, meinst du wohl«, entgegnete er unverblümt.

»Findest du mich etwa nicht attraktiv? Gleich bei unserer ersten Begegnung habe ich gespürt, dass wir uns sympathisch sind. Außerdem wäre es eine weitaus angenehmere Lösung unserer kleinen Meinungsverschiedenheit, als handgreiflich zu werden.«

Rois Haltung blieb starr und abweisend. »Vielleicht hättest du mich überzeugen können, wenn du direkt in mein Bett gekrochen wärst. Aber dass du einen Umweg über meine Handelsware gemacht hast, hat mich in meiner männlichen Ehre gekränkt.«

Sie blieb mit leicht verdutztem Gesichtsausdruck stehen, bis sie begriff, was er meinte. Dann änderte sie erneut die Taktik.

Er konnte ihre Hand gerade noch rechtzeitig abfangen, bevor die Zaliterin ihm das Gesicht zerkratzt hätte. Roi trug zwar eine Permanentmaske, aber im Augenblick wollte er es nicht unbedingt auf eine Nagelprobe ankommen lassen.

»Schluss jetzt!«, sagte er ungehalten, packte ihre Schultern und schleuderte sie unsanft in einen Sessel. »Du strapazierst meine Geduld. Beenden wir dieses Geplänkel und kommen wir zum Geschäft. Aus welchem Grund wolltest du meinen Koffer stehlen?«

Sie wollte wütend auffahren, doch dann schien ihr wieder bewusst zu werden, dass sie sich in der schlechteren Position befand. »Ist das nicht offensichtlich?«, fauchte sie.

Roi schüttelte den Kopf, ging zum Terminal und aktivierte ein Holo mit Bariètas Profil. »Diese Daten sagen mir, dass du keine gewöhnliche Diebin bist. Weiter schließe ich daraus, dass du eine Agentin bist, die im Auftrag einer Organisation arbeitet, die gegen den Imperator Widerstand leistet. Ich weiß nicht, um welche Organisation es sich handelt, und im Moment interessiert es mich auch nicht.«

»Ich würde es dir ohnehin nicht verraten«, gab Barièta höhnisch zurück.

Roi lächelte wie eine Katze, die soeben eine Maus verspeist hatte. »Oh doch, das würdest du«, sagte er sanft. »Ganz sicher sogar.«

Sie schien ihm zu glauben, denn unbewusst verkroch sie sich etwas tiefer in den Sessel. »Aber wie hast du …?«

»Ich sagte bereits, dass es mich im Augenblick nicht interessiert. Also solltest du dich nicht voreilig offenbaren.«

»Wirst du es Herko sagen?«

»Er dürfte es längst selbst herausgefunden haben, Barièta. Es gibt noch viel mehr Organisationen neben deiner. Ihr solltet bei Gelegenheit miteinander reden, denn möglicherweise könnt ihr euch gegenseitig von Nutzen sein.« Roi setzte sich ihr gegenüber in einen anderen Sessel. »Nach meinen Informationen ist Ammh Riconah nicht unbedingt positiv gegenüber dem Kristallimperium eingestellt, seit Bostichs Kriegshetze die Autonomie des Systems bedroht und es in die Armut treibt. Hast du gehofft, Verbündete zu gewinnen?«

Die Pilotin dachte einen Moment nach. »Es steckt viel mehr dahinter«, sagte sie schließlich. »Auf Ammh Riconah herrscht gewissermaßen der Ausnahmezustand, seit Nert Jharien abgesetzt wurde.«

Roi blinzelte. »Abgesetzt?« Das war eine Neuigkeit.

»Ja. Offiziell ist sie zwar noch die Herrscherin, aber nur pro forma. Viel mehr wissen wir nicht, da sich das System abgeschottet hat und lediglich seinen Tributzahlungen nachkommt. Ich bin überhaupt erst hellhörig geworden, als ich erfuhr, dass wir dort einen Passagier absetzen sollen. Meine Auftraggeber befahlen mir, die Gelegenheit zu nutzen und mich etwas umzusehen. Aber wenn ich die MAHAGONI ohne fristgemäße Kündigung verlasse, bekomme ich natürlich keine Heuer.«

»Deshalb wolltest du dich mit dem Nötigsten versorgen – aus meinem Koffer.«

»Er sollte mir gleichzeitig eine Identität als Händlerin verschaffen.«

»Und wie hast du dir vorgestellt, mich daran zu hindern, dir den Hals umzudrehen?«

»Irgendwie hätte ich dich schon zur Kooperation gebracht.« Sie seufzte. »Ich habe dich unterschätzt.«

»Du hast noch eine Menge zu lernen«, sagte er. »Das war eine äußerst schwache Leistung. Ich würde dich nicht einmal als Bürobotin einstellen.«

»Wer bist du?«, fragte sie erneut.

»Hast du eine Kontaktperson auf Ammh Riconah?«

Barièta schien zu akzeptieren, dass er ihr keine Antwort geben wollte. »Mir wurde ein Fellhändler genannt, der sein Geschäft in der Hauptstadt Amm betreibt – oder betrieben hat. Unsere Informationen sind nicht mehr auf dem neuesten Stand. Deswegen soll ich mich dort umsehen.«

Roi rieb sich nachdenklich das Kinn. »In Ordnung. Ich werde mit Herko reden, dass er nicht direkt das System anfliegt, sondern uns ein Beiboot zur Verfügung stellt.«

»Uns?«

»Richtig. Du wirst mich hinbringen. Dann gehen wir getrennte Wege. Ich werde Herko darum bitten, dass er dich bei der Rückreise wieder an Bord nimmt.«

»Wieso sollte ich dir trauen?«, fragte sie argwöhnisch.

»Ich lasse dich am Leben und gebe dir eine zweite Chance, das sollte dir genügen. Geh jetzt, damit ich alles Erforderliche in die Wege leiten kann.« Roi erhob sich und kehrte zu seinem Terminal zurück. Barièta stand wortlos auf und verließ die Unterkunft.

Alles, was Bostich schadet, ist von Nutzen für uns, dachte Roi. *Ich werde dich im Auge behalten, Mädchen, und mehr über deine ominöse Organisation herausfinden.* Dann rief er Herko Kuun über Funk an und bat um eine Unterredung.

Am 19. Juli landete ein Beiboot des Händlerschiffes MAHAGONI auf dem Raumhafen von Ammh Riconah II. Roi Dantons Herz schlug sofort höher, als er am Rand der Landefläche ein Schiff von ungewöhnlicher Bauweise sah – einen Halbkugelraumer mit 200 Metern Durchmesser und 100 Metern Höhe, aus dessen Schnittfläche sich fünf 30 Meter hohe Kolben aus schwarzem Verbundmaterial erhoben. Nur ein Schiff hatte dieses Aussehen – Zheobitts ZENTRIFUGE II. Der Ara hielt sich also tatsächlich auf Ammh Riconah II auf.

Bariètas Kontakte erwiesen sich als äußerst nützlich. In der Empfangshalle des Raumhafens wurden sie von einem Fellhändler namens Abzyk erwartet, der bereits alle notwendigen Einreiseformalitäten erledigt hatte.

»Herzlich willkommen«, begrüßte er den Händler Tyk Salazar und seine Partnerin Barièta. »Dieser Tage landen nicht mehr viele Schiffe auf unserem Planeten. Obwohl bei uns gerade mittelständische Unternehmer gern gesehen sind.«

Roi Dantons Strategie ging auf. Er war davon ausgegangen, dass ein größerer Frachter wie die MAHAGONI möglicherweise nicht so freundlich empfangen worden wäre, nachdem sich das System seit einiger Zeit abgeschottet hatte. Ein großes Schiff konnte nicht nur jede Menge Waffen, sondern auch Hilfstruppen mit sich führen. Ein kleines Beiboot dagegen erregte kaum Aufsehen und war sogar willkommen, damit der Handel nicht vollständig zum Erliegen kam.

Bariéta zog fröstelnd die Schultern hoch. »Wie haltet ihr nur diese Kälte aus?«, fragte sie naserümpfend.

»Unsere Häuser sind gut beheizt, und wir gehen so wenig wie möglich ins Freie«, erzählte der Händler gut gelaunt.

Mit einem Gleiter brachte Abzyk die Besucher in die Hauptstadt Amm. Sie hatte etwa fünfzehn Millionen Einwohner und war unverkennbar arkonidisch geprägt. In ausgedehnten Parkanlagen verteilten sich große Trichterbauten, während im Stadtzentrum funktionelle, rechteckige Bauten in die Höhe ragten, in denen Firmenbüros, Verwaltungen und zahlreiche Einkaufspassagen untergebracht waren. Die Gebäude waren auf mehreren Etagen durch Stege verbunden. Die Straßen waren schachbrettartig und übersichtlich angelegt, der Verkehr am Boden und in der Luft gut geregelt. Genau im Zentrum erhob sich unübersehbar ein mehr als tausend Meter hoher und 300 Meter durchmessender Khasurn – der Palast der Baronin Jharien.

Der Gleiter setzte auf dem Landeplatz eines nicht mehr ganz modernen Hochhauses auf, in dem Abzyk seinen Firmensitz hatte. Er führte seine Besucher durch das ehemals florierende Geschäftszentrum und erzählte, dass auf dem kühlen Planeten einige Tierarten mit qualitativ äußerst hochwertigen Fellen lebten, die in Thantur-

Lok ebenso wie in der Milchstraße lukrative Abnehmer fanden. Abzyk verkaufte unbearbeitete Felle, aber auch daraus gefertigte Stoffe oder Teppiche. Einst war er ein wohlhabender Mann gewesen.

»Aber jetzt … flüüt«, sagte er und blies die Wangen auf. »Die Tributzahlungen haben uns aufgefressen, viele Abnehmer befürchten Komplikationen und sind abgesprungen, die anderen drücken die Preise. Und seit Nert Jhariens Verschwinden ist alles nur noch schlimmer geworden.«

»Verschwinden?«, fragten Barièta und Tyk Salazar gleichzeitig.

»Ganz recht. Sie und Prinz Rimbea. Offiziell wird natürlich alles dementiert, aber Tatsache ist, dass wir die beiden seit etwa einem halben Jahr nur noch als Holo-Aufzeichnungen zu Gesicht bekommen.«

»Und weshalb unternehmt ihr nichts?«, fragte Barièta. Roi Danton bremste sie nicht, denn solche Fragen waren völlig normal für Reisende, die sich über ihr Ziel informieren wollten. Gerade für Händler war es wichtig, in den autonomen Systemen Auskünfte über die derzeitige politische Lage zu erhalten.

»Oh, es gab durchaus kritische Stimmen«, entgegnete Abzyk. »Aber nicht lange. Es heißt, dass der neue Machthaber ganz besondere Methoden hat, um seine Untergebenen gefügig zu machen.«

»Ganz egal, wie man es nennt«, sagte Barièta. »Folter bleibt Folter.«

»Nicht, wenn sie auf schleichende Weise erfolgt. Es heißt, dass der Galaktische Mediziner Zheobitt in seinen Diensten steht. Er kann nicht nur Krankheiten heilen, sondern auch verursachen. Zudem ist er ein Giftexperte.«

»Zheobitt?«, rief Tyk Salazar. »Ich hätte ihm nicht zugetraut, sich auf ein solches Niveau herabzubegeben! Immerhin ist er der berühmteste Mediker unseres Zeitalters!«

Abzyk nickte. »Das ist schon richtig, mein Freund, aber wie es aussieht, wird er mit der ZENTRIFUGE und seiner Besatzung erpresst. Und dieses astronomisch teure Gefährt wird Zheobitt wohl kaum aufgeben – nur wegen moralischer Bedenken, die er, soweit mir bekannt ist, ohnehin nicht hat.«

»Nun, ich denke, wir werden dennoch irgendwie ins Geschäft kommen, wenn wir die Zollformalitäten klären können«, sagte Barièta. »Selbstverständlich werden wir uns hier ein wenig umsehen und einige Tage verweilen, bevor wir zum Vertragsabschluss kommen.«

»Das steht außer Frage. Ich habe für euch zwei Quartiere im *Luxxon* reservieren lassen. Es ist nicht teuer, dennoch komfortabel und liegt nur etwa fünfzehn Minuten von hier entfernt auf dem Dach einer regionalen Devisenbörse. Ich schlage vor, dass wir uns dort um achtzehn Uhr zum Arbeitsessen treffen. Dann könnt ihr eure Ware vorführen.«

Roi Danton war bereits des Öfteren aufgefallen, dass viele Kolonialarkoniden die terranische Zeitrechnung benutzten, je weiter sie vom Kristallimperium entfernt waren.

»Einverstanden«, sagte Tyk Salazar. »Vielen Dank für den freundlichen Empfang. Wir werden uns jetzt zurückziehen. Außerdem haben wir noch ein paar andere Termine. Wir sehen uns heute Abend.«

Als sie das Gebäude verlassen hatten, zog Roi seine Begleiterin zur Seite. »Hier trennen sich unsere Wege, Barièta.«

»Einfach so?«

»Ja. Du hast deine Aufgabe, mich unauffällig auf den Planeten zu bringen, erfüllt. Damit sind wir quitt. Du erledigst deine Geschäfte und ich meine. Herko wird dich in einigen Tagen abholen. Die Space-Jet brauche ich noch. Lass dir nicht einfallen, lange Finger zu machen. Ich habe sie gut gesichert.«

»Na schön, Herr Unbekannt. Werden wir uns wiedersehen?«

»Zumindest werde ich dich aufmerksam im Auge behalten.« Roi nickte ihr kurz zum Abschied zu und machte sich auf den Weg.

Über Visiphon stornierte Roi Danton seine Hotelreservierung und machte sich auf die Suche nach einer Unterkunft, die nicht mit der zentralen Meldestelle verbunden war. Die Datenvernetzung war in den vergangenen sechs Monaten eingeführt worden, um unliebsame Zeitgenossen möglichst schnell aufspüren zu können. Aber wie überall gab es Lücken im System, da es an den nötigen Ressourcen und am Willen des Überwachungspersonals fehlte, das mit der veränderten Regierungshaltung nicht einverstanden war.

Roi brauchte kaum zehn Minuten, bis er im Geschäftsviertel ein Hotel gefunden hatte, das die Namen der Gäste über Zufallsgenerator auswählen ließ und nach Abgleichung eventueller Doppelungen neu zusammenstellte, bis die Angaben an die Meldestelle übermittelt wurden. Bei der Menge an Daten war es unmöglich, jede einzelne Person zu verfolgen. Damit war Tyk Salazar erst einmal untergetaucht – was für einen Händler jedoch nichts Ungewöhnliches war.

Natürlich musste er das Zimmer bar bezahlen. Roi hatte vorgesorgt und verschiedene Devisen in seinem Musterkoffer versteckt, die in den Randzonen des arkonidischen Imperiums akzeptiert wurden. Das Einchecken erfolgte automatisch, so dass später keine Zeugen befragt werden konnten. Auch dies war eine übliche Vorgehensweise.

Aus langjähriger Erfahrung kannte Roi nahezu alle Schlupflöcher und war zufrieden, wie gut das »graue« System auf Ammh Riconah II funktionierte. Auf seinem Zimmer – unterste Kategorie, aber er war sehr anpassungsfähig – hatte er Muße, über seine weitere Vorgehensweise nachzudenken und sich mittels des Terminals aktuelle Informationen zu besorgen. Möglicherweise hatte er das Zimmer ganz umsonst angemietet, aber falls sich sein Aufenthalt in die Länge zog, brauchte er einen Unterschlupf.

Der Zugang zum Terminal war kaum komplizierter als die Überwindung der ersten Sicherheitsstufe alltäglicher Computersysteme. Offensichtlich waren die Kolonialarkoniden schon seit geraumer Zeit daran gewöhnt, ihre Geschäfte am Kristallimperium vorbei zu tätigen. Möglicherweise war auch der neue Herrscher daran interessiert. Schließlich musste auch ein Diktator die Wirtschaft am Leben erhalten.

Erstaunlicherweise biss Roi sich die Zähne an der Frage aus, wer derzeit das Sagen hatte. Die offiziellen Kanäle präsentierten nach wie vor Nert Jharien und ihren Erbprinzen Rimbea als Staatsoberhäupter. Die Holos zeigten eine üppige, geradezu atemberaubende Arkonidin mit tiefroten Augen und silbrig weißer Haarmähne. Ihr Gesicht verriet eine starke Willenskraft und Autorität. Ihre Kleidung konnte man nur als wagemutig bezeichnen, vor allem angesichts der kühlen Temperaturen. Baronin Jharien war 82 Jahre alt und sah keinen Tag älter aus als eine voll erblühte Frau von Mitte vierzig. Jetzt verstand Roi, warum sein Vater ins Stottern geraten war, als sie sich einmal über Zheobitt und seine Flucht aus Thantur-Lok unterhalten hatten. Vor fünfzehn Jahren musste diese Frau unwiderstehlich gewesen sein. Sie war es noch heute.

Der Prinz war mittlerweile vierzig Jahre alt, ein etwas zu klein geratener, aber auffällig hübscher Mann mit kurzen, silberweißen Locken. Er machte einen recht harmlosen, wenn nicht naiven Eindruck, wodurch nur allzu deutlich wurde, wer das Regiment auf Ammh Riconah II führte. Andererseits sah Rimbea auch nicht unglücklich aus – obwohl er immer noch unverheiratet war, geschweige denn eine Familie gegründet hatte …

Roi fragte sich, was mit den beiden geschehen war, ob sie überhaupt noch am Leben waren. Und von wem sich Jharien, die sogar einen Mann wie Zheobitt beeindrucken konnte, hatte übertölpeln lassen.

Die Sicherheitsstufe zwei konnte Roi nicht knacken. Dazu hätte er viel mehr Zeit benötigt, doch die hatte er nicht.

Also musste er sich auf die Straße begeben, ins Vergnügungsviertel, um sich dort umzuhören. Zum Glück wurde es in dieser Region schnell dunkel, so dass er nicht zu viel Zeit verlor.

Roi Danton hatte keine Schwierigkeiten, sich im Vergnügungsviertel zurechtzufinden. Im Prinzip sahen sie überall gleich aus, egal, in welcher Galaxis man sich befand. Er ließ sich nicht von den leuchtenden Reklamen irritieren, die sein ästhetisches Empfinden beleidigten, oder von Animateuren aufhalten, die mit Falsettstimmen ihre Werbesprüche in seine Ohren schrillten. Er verlor sich auch nicht in den verwinkelten, engen Passagen und interessierte sich nicht für die Auslagen der dicht aneinander gereihten Geschäfte. Er achtete kaum auf die reißerisch aufgemachten Holoshows, sondern bemitleidete die Leute, die scharenweise in Spielhöllen strömten. Der verführerische Duft der Garküchen und Esslokale lockte ihn nicht an.

Nach einer Stunde hatte er allerdings so großen Hunger, dass er schließlich doch ein Restaurant betrat, das zugleich eine Bar hatte. Die Gerüche erinnerten ihn an terranische Chili- und Curry-Gerichte. Im Gedränge fand Roi einen kleinen, schmalen Tisch mit nur einem Stuhl, direkt neben einer Säule, an die er seinen Koffer stellte. Das Uraltmodell eines Serviceroboters glitt heran und nahm seine Bestellung auf. Er zahlte bar und stellte überrascht fest, dass das Preis-Leistungs-Verhältnis akzeptabel war.

Während er aß, sah Roi sich unauffällig um. Es gab kaum Fremde, sondern fast nur einheimische Arkoniden mit dem typischen silbrigen Schimmer im zumeist gelockten Haar. Ein deutliches Zeichen für die Isolation des Planetensystems. Also war es für einen weit gereisten Händler bestimmt nicht einfach, ein gutes Geschäft abzuschließen. In seiner Maske fiel Roi Danton wenig auf, was ihm recht war.

Er verfolgte die Gesprächsfetzen, die um seine Ohren schwirrten. Das meiste war das gleiche bedeutungslose Bargeflüster wie an jedem Ort im All. Jeder versuchte sich als der Größte zu präsentieren, man palaverte über Sex und Sport oder verbreitete die neuesten Witze.

Leider wurde nur wenig politisiert, abgesehen von den üblichen Klagen über zu hohe Steuern und die ständig steigenden Einkünfte der Politiker, während in gleichem Maße der Verdienst der arbeitenden Bevölkerung geringer wurde. Nur selten wurde über das seit einem halben Jahr bestehende neue Machtgefüge gesprochen. Anscheinend war es noch nicht zu gravierenden Veränderungen gekommen, sodass manche den Regierungswechsel kaum oder gar nicht bemerkt hatten. Einige waren der Ansicht, dass Jharien nach wie vor im Amt war, andere vermuteten, sie sei mit Drogen gefügig gemacht worden, oder hielten sie für tot. Offenbar war der Putsch so geschickt ausgeführt worden, dass niemand wusste, wer nun tätsächlich die Fäden in der Hand hielt.

Damit blieb Roi nichts anderes übrig, als schnurstracks in den Palast zu marschieren und Zheobitt zu entführen. Auf offiziellem Wege würde er vermutlich nichts erreichen.

Der Aktivatorträger wurde aus seinen Gedanken gerissen, als zwei offensichtlich angetrunkene Arkoniden in

Streit gerieten und aufeinander losgingen. Dabei krachten sie gegen seinen Tisch. Roi konnte rechtzeitig aufspringen, bevor sein Drink und die Reste seiner Mahlzeit in seinem Schoß gelandet wären. Doch nun kam er einem der beiden Streithähne in die Quere und musste einem Fausthieb ausweichen.

»Immer mit der Ruhe!«, sagte Roi und hob beschwichtigend die Hände. »Ich habe nichts mit eurem Streit zu tun. Ich wollte nur zu Ende essen.«

»Dann steh hier nicht im Weg rum, sondern verschwinde!«, schnauzte ihn der Arkonide an.

Roi wollte sich mit einem freundlichen Lächeln zurückziehen, doch dabei lief er genau in die ausgestreckte Faust des zweiten Arkoniden. Anscheinend hatten sich die beiden wortlos geeinigt, ihre Aggressionen nun gemeinsam an einem neuen Feind abzureagieren.

Roi ging zu Boden und schmeckte Blut. Seine Lippe war aufgeplatzt. Das ging ihm zu weit. Er sprang auf, und ehe sie wussten, wie ihnen geschah, hatte er die beiden Angetrunkenen mit ein paar Dagor-Griffen außer Gefecht gesetzt. Als sie reglos am Boden lagen, holte Roi seelenruhig seinen Koffer unter dem Tisch hervor, als wäre nichts geschehen.

In diesem Moment traf eine Polizeistreife ein. Roi konnte nicht sagen, ob sie zufällig in der Nähe gewesen war oder ob jemand sie gerufen hatte. Zwei große, durchtrainierte Arkoniden mit einem Roboter im Anhang bahnten sich ihren Weg durch die Menge und bauten sich vor dem vermeintlichen Händler auf.

»Was ist hier los?«, wollte einer der beiden wissen.

Roi setzte ein gewinnendes Lächeln auf. »Überhaupt

nichts«, sagte er freundlich. »Wir haben uns nur unterhalten, und wie ihr seht, sind meine beiden Freunde nicht mehr besonders standfest. Als sie mir helfen wollten, meinen Koffer aufzuheben, sind sie zusammengestoßen und haben das Gleichgewicht verloren. Das ist alles.«

Der Zweite wandte sich an die beiden Raufbolde, die sich gerade aufrappelten. »Ist das wahr?«

»Jedess einselne Wort«, lallte der eine. Der andere setzte hinzu: »Dassis unsser Freund.«

»Und hat dieser … *Freund* auch einen Namen?«

»Na klar! Wieso? Brauchst du einen?« Der Arkonide rempelte seinen Saufkumpel an. »Stell dir vor, der arme Trottel hat keinen Namen!«

Sie prusteten gleichzeitig los, und im Lokal erhob sich Gelächter, was die allgemeine Anspannung ein wenig lockerte.

»Das ist nicht witzig!«, fauchte einer der Uniformierten. In der allgemeinen Heiterkeit ging seine Stimme fast unter. Er bemühte sich, einen Rest Würde zu bewahren, und tippte Roi mit dem Zeigefinger auf die Brust. »Wir mögen hier keine Fremden, die Ärger machen, verstanden?«

»Oh, ich bitte um Verzeihung, wo habe ich nur meine Manieren gelassen?« Roi deutete eine leichte Verneigung an und zückte seinen ID-Chip. »Und schon bin ich kein Fremder mehr! Tyk Salazar, zu deinen Diensten. Ich bin hier lediglich zwischen zwei Terminen zu einer Mahlzeit eingekehrt. Ich bin Schmuckhändler. Haben die Herren vielleicht Interesse an …?«

»Genug, du kannst gehen«, schnitt der Uniformierte ihm unwirsch das Wort ab, als der ID-Chip nichts von Bedeutung preisgab. Doch die Überprüfung der zwei Raufbolde schien ein ganz anderes Ergebnis erbracht zu haben. »Ihr beide bekommt eine Verwarnung«, sagte er zu den Betrunkenen, »denn es war nicht der erste Vorfall dieser Art.«

Wie die Angelegenheit ausging, erfuhr Roi nicht mehr, denn er verließ eilig das Lokal, bevor er noch mehr Aufsehen erregte. Trotzdem kam er nicht weit. Draußen war es dunkel geworden, und es herrschte dichtes Gedränge. Zunächst ließ sich Roi vom Strom mitreißen, bis er sich für eine Richtung entschieden hatte. Dann erhielt er einen heftigen Schlag auf den Kopf und verlor augenblicklich das Bewusstsein.

10.

Quinto-Center, 19. bis 20. Juli 1318 NGZ

Lejure Makaam machte sich keine Illusionen. Es schwelte in der Station. Der leiseste Lufthauch konnte ein Inferno entfachen. Man hörte es förmlich knistern. Die Spezialisten und QuinTechs, die an der Aufklärung der Seuche arbeiteten und die Station am Leben erhielten, gingen ihrer Arbeit nach, als wäre nichts geschehen. Die anderen blieben in ihren Quartieren. Aber es war nur eine Frage der Zeit, bis ihnen die Decke auf den Kopf fiel. Bis sie dem Drang, etwas zu unternehmen, nachgeben mussten. Niemand wartete gerne tatenlos auf den schleichenden Tod.

Vor allem um Lorry Quay machte sich die Rubinerin Sorgen. Der Kadett war still und in sich gekehrt. Von seiner ansonsten übersprudelnden, fröhlichen Art war nichts mehr zu spüren. Er behauptete, sich in jeder Hinsicht fit zu fühlen, dennoch ließ er die Federn hängen und bot ein Bild des Jammers. Am meisten fehlte ihm zweifellos das körperliche Training. Es war nicht einfach, von heute auf morgen zum Nichtstun gezwungen zu sein. Die Ausbilder beanspruchten die Kadetten zwar weiterhin und veranstalteten täglich drei Stunden theoretischen Unterricht mit anschließender Studienphase im Quartier, aber das kam den meisten nur als Beschäftigungsmaßnahme vor.

»Warum mache ich das überhaupt noch mit?«, fragte sich Lorry. »Ich kann mir viel schönere Dinge vorstellen, mit denen sich die letzten Lebenstage ausfüllen ließen.«

»Hier geht es nicht nur um dich«, erwiderte Lejure. »Schließlich sind wir alle davon betroffen.« Das stimmte nicht, denn inzwischen hatten die Tests wie erwartet ergeben, dass einige Besatzungsmitglieder immun waren. Aber niemand sprach darüber, und die Namen der Glücklichen wurden streng geheim gehalten. Sie wussten es nicht einmal selbst. Die Lage war schon gespannt genug. Wenn bekannt würde, wer »privilegiert« war und wer nicht, waren offene Konflikte unausweichlich.

Die Immunen würden es erkennen, wenn alle anderen gestorben waren. Dass die USO nicht völlig untergehen würde, war jedoch nur ein schwacher Trost.

Immerhin zahlte es sich aus, dass Darius Fynn besonnen und weitgehend ohne Emotionen mit der Krise umging. Die Agenten im Außeneinsatz hatten die Order erhalten, keinen Kontakt aufzunehmen, bis Quinto-Center sich zurückmeldete. Gründe für die Abriegelung wurden nicht genannt, was vorbehaltlos akzeptiert wurde. Jeder Agent wusste, dass eine kritische Situation absolute Geheimhaltung erforderte. Bisher war von der Katastrophe noch nichts nach außen gesickert, und so sollte es auch bleiben.

Das betraf auch Major Domino Ross und die sechzig siganesischen USO-Spezialisten, die sich anlässlich einer Feier auf ihrer Heimatwelt aufgehalten hatten, als die Mitteilung über die Isolation von Quinto-Center hinausgegangen war.

Lejure redete aufmunternd auf Lorry ein. »Wir müssen

weitermachen, denn wir werden es schaffen. Wir werden wieder gesund. Du musst einfach daran glauben und darfst es nicht so negativ sehen.«

»Ich verstehe nicht, wie du das alles erträgst!«

Darauf wusste Lejure nichts zu sagen, weil sie es sich selbst nicht erklären konnte. War es das Vertrauen, das sie trotz gewisser Vorbehalte in Roi Danton setzte? Oder ein starker Wille, nicht aufzugeben?

Vielleicht lag es daran, dass Lejure eine bedeutende Aufgabe hatte. Der erste Nanoroboter war fertig gestellt und in Kammoss' Blutbahn injiziert worden, wo er auf die Suche nach dem Virus gehen sollte. Lejure arbeitete bereits an einem neuen, verfeinerten Modell.

Lorana Franklin überwachte das Experiment. Sie fühlte sich in guter körperlicher Verfassung, was ein großes Glück war, da immer mehr Mitarbeiter erkrankten – und immer mehr starben. Es war unbekannt, warum es bei manchen schneller ging als bei anderen, zumal es Menschen wie Nicht-Humanoide gleichermaßen betraf.

»Da ich zu den ersten Infizierten gehöre, wundert es mich, wie lange ich durchhalte«, hatte die Medikerin zu Lejure gesagt. »Es kann nicht allein an den Aufbaupräparaten liegen, die ich mir seit der Diagnose täglich spritze. Vorsorglich habe ich Injektionspflaster an alle Besatzungsmitglieder verteilen lassen, aber sie wirken nicht bei allen.«

»Wir haben einfach keine Zeit, krank zu werden«, hatte Lejure spekuliert. Das war keinesfalls abwegig. Durch die Konzentration auf die Arbeit liefen die Abwehrkräfte des Körpers ebenfalls auf Hochtouren und hielten das Virus in Schach. Aber wenn der kritische Punkt der Erschöpfung überschritten war, konnte es sehr schnell zu einem Rückschlag kommen, der bei den meisten einen raschen Tod zur Folge hatte.

Zu den Immunen gehörten sie leider nicht.

Die Wissenschaftler beobachteten sich gegenseitig und hielten nach jeder Veränderung Ausschau, um die frühen Stadien des Krankheitsverlaufs dokumentieren zu können. Wenn sich die neu Erkrankten in den Stationen meldeten, war die Infektion meist schon zu weit fortgeschritten. Noch immer warteten sie zu lange, weil sie die Symptome nicht wahrhaben wollten – wie Kinder, die sich die Augen zuhielten und glaubten, dadurch unsichtbar zu werden.

Darius Fynn hatte veranlasst, dass jeder verfügbare Platz als behelfsmäßige Krankenstation genutzt wurde, denn irgendwann würden sie es mit mehreren tausenden Patienten zu tun haben. Sämtliche medizinischen Lager wurden geplündert, massenhaft Antigravliegen herbeigeschafft, auch aus den Schweren Kreuzern, den Space-Jets und den Wartungsboxen in den Raumschiffshangars. Die Mediker arbeiteten rund um die Uhr im Dreischichtbetrieb und bildeten ständig neue Hilfskräfte aus, denn auch die Medorobots reichten nicht mehr aus, um alle Bedürftigen gleichzeitig versorgen zu können.

»Lejure«, sagte Lorana Franklin und drehte sich zur Rubinerin um, »du schleichst jetzt schon seit einiger Zeit in der Medostation herum. Was ist los?«

»Ich habe nachgedacht«, antwortete die QuinTech ausweichend.

»Worüber?«

Lejure wippte auf ihren großen Füßen auf und ab und gab sich schließlich einen Ruck. »Ich bin nicht mehr so sicher, dass Markus Fall das Virus eingeschleppt hat. Ich habe noch einmal gründlich über meine Begegnung mit ihm nachgedacht. Irgendetwas passt da nicht zusammen.«

Lorana zog einen Stuhl heran und setzte sich. »Ich bin ganz Ohr.«

»Markus Fall war ein Einzelgänger. Dennoch war er normalerweise nicht so in sich gekehrt, wie ich ihn in der Bar erlebt habe. Vor allem, nachdem er einen neuen Auftrag und die Aussicht auf eine Beförderung erhalten hatte. Als er vom letzten Einsatz zurückkehrte, war den Berichten zufolge alles mit ihm in Ordnung, doch als ich ihn das erste Mal sah, fiel mir sofort auf, dass er nicht bei bester Gesundheit war.«

Lejure geriet allmählich in Fahrt. »Zwischen seiner Rückkehr und unserer Begegnung muss also etwas geschehen sein. Etwas, das ihn völlig verändert hat. Vielleicht, als er die ersten Anzeichen der Krankheit bemerkt hat. Was mir im Nachhinein besonders auffällt: Er wirkte nicht überrascht, als er spürte, dass es ihm immer schlechter ging. Ganz im Gegenteil, ihm schien ein Licht aufzugehen. Deshalb rannte er davon. Und er hat mit jemandem gesprochen, kurz vor seinem Tod, hier in der Station. Er sagte etwas wie: ›Was Sie vorhaben, ist Wahnsinn.‹«

»Worauf willst du hinaus?«, fragte Lorana interessiert.

»Es gibt eigentlich nur zwei Möglichkeiten«, antwortete Lejure. »Erstens, es war ein Unfall. Ein fehlgeschlagenes Experiment, das jetzt von den Schuldigen aus Angst geheim gehalten wird.«

»Ich weiß nicht recht … Und was wäre die zweite Möglichkeit?«

»Es ist ein Attentat.«

Lorana verschränkte die Arme vor der Brust und zog die Augenbrauen hoch. »Und wer soll das Ziel sein?«

»Die USO«, sagte Lejure. »Die Organisation wäre mit einem Schlag ausgelöscht. Ohne dass man die Position von Quinto-Center ermitteln müsste.«

»Ein Selbstmordattentat?«

»Das wäre denkbar.«

»Du bist verrückt!« Lorana stand kopfschüttelnd auf. »Hast du Beweise für deine Theorie? Eine blühende Fantasie besitzt du ja.«

»Das ist noch nicht alles«, sagte Lejure leise. »Roi Danton hängt irgendwie mit drin.«

Loranas Miene änderte sich schlagartig. »Roi Danton?«, fragte sie mit scharfer Stimme.

»Ich habe ihn beobachtet, als du ihm Markus Falls Leiche gezeigt hast. Irgendwie habe ich das Gefühl, dass er mehr weiß, als er sagt.«

»Willst du damit andeuten, dass er sich abgesetzt hat …?«

»Ich will gar nichts andeuten, Lorana. Tut mir Leid. Aber du musst zugeben, dass etwas an dieser Geschichte faul ist. Aus heiterem Himmel wird ganz Quinto-Center von einer Seuche befallen. Ein unglücklicher Zufall? Daran kann ich nicht mehr glauben. Jeder Agent im Außendienst hat die Möglichkeit, etwas einzuschmuggeln und in der Luftaufbereitungsanlage freizusetzen. Möglicherweise ist jemand ausgetauscht oder einer Gehirnwäsche unterzogen worden.«

»Es reicht!« Lorana schlug mit der flachen Hand auf den Tisch. »Ich will nichts mehr davon hören, und ich rate dir, mit niemandem über diese Hirngespinste zu reden! Ich kann dir sagen, was mit dir los ist. Es ist eine ganz normale Folge unserer extremen Belastung: Du wirst paranoid, entwickelst Wahnvorstellungen, du verdächtigst jeden und alles. In einem abgeschlossenen Raum wie Quinto-Center ist so etwas beinahe unausweichlich, wenn wir mit dem schleichenden Tod eingesperrt sind, wenn es kein Entkommen gibt und wir nicht wissen, wen er als Nächsten trifft. Ich verordne dir für mindestens zehn Stunden strenge Bettruhe, bis dieser Anfall vorüber ist. Morgen wirst du einsehen, wie lächerlich deine Ideen sind. Rede vor allem nicht mit Lorry darüber! Sonst drehen plötzlich alle durch, und dann gibt es eine Katastrophe.«

»Was habe ich mir nur dabei gedacht?«, murmelte Lejure vor sich hin, als sie die Krankenstation verließ. »Ich hätte wissen müssen, wie Lorana reagiert. Aber ich werde nicht aufgeben und weitere Nachforschungen anstellen. Ich werde herausfinden, was hier nicht stimmt.«

Sie musste gähnen, und ihre Augenlider wurden immer schwerer. Sie schaffte es kaum bis zu ihrem Quartier. Lorry wartete auf sie und plusterte sich erschrocken auf, als er Lejure hereintaumeln sah. »Keine Sorge, ich bin nur müde«, beruhigte sie ihren Freund. »Lorana hat mich gezwungen, ein Schlafmittel zu nehmen, und verlangt, dass ich mindestens zehn Stunden schlafe. Alles in Ordnung …«

Sie stolperte über ihre Füße und landete der Länge nach in ihrem riesigen Bett. Ihr Kopf versank im Kissen, und zwei Sekunden später schnarchte sie leise.

Es war der 20. Juli.

11.

Ammh Ricona, 21. bis 25. Juli 1318 NGZ

Roi Danton erwachte mit dröhnenden Kopfschmerzen, die sich allerdings rasch verflüchtigten. Der Zellaktivatorchip arbeitete auf Hochtouren.

»Na, gut geschlafen?«, hörte er eine wohl bekannte Stimme durch den Dunst in seinem Gehirn.

»Barièta«, ächzte er und richtete sich auf. Er blinzelte, und nach kurzer Zeit hatte er wieder eine gewohnt scharfe Sicht. Auch ein Vorteil der Unsterblichkeit. Man brauchte keine Mittel zur optischen Korrektur.

»Hast du im Ernst geglaubt, ich lasse dich einfach so gehen?«, fragte die Pilotin der MAHAGONI. »Das Zeug in deinem Koffer ist zwar nur synthetisch, aber es bringt trotzdem gutes Geld ein. Außerdem«, sie schüttelte einen Beutel mit Edelmetallchips, »hast du ja doch ein paar Devisen geschmuggelt, du böser Junge!«

Roi fühlte sich vollkommen wiederhergestellt. Ärgerlich runzelte er die Stirn. »Lass den Unsinn, Barièta. Ich habe dich einmal laufen lassen, aber jetzt ist meine Geduld wirklich am Ende.«

»Pah«, gab sie zurück. »Die Situation hat sich umgekehrt: Du befindest dich in meiner Gewalt.« Sie deutete auf zwei grobschlächtige Einheimische mit Handstrahlern.

Roi rieb sich den immer noch schmerzenden Nacken

und blickte sich um. Offenbar befand er sich in einer unbedeutenden Nebengasse des Vergnügungsviertels, die nur von einer einzigen Straßenleuchte mühsam erhellt wurde. Überall türmten sich Dreck und Müll, und Roi erkannte rattenähnliche Tiere, die im Abfall wühlten. »Wo habt ihr mich hingeschleppt?«

»Das spielt keine Rolle. Ich hätte gerne ein paar Antworten von dir. Danach überlegen wir, was wir mit dir anstellen.«

»Am besten töten wir ihn«, zischte einer der beiden Schläger. »Wer würde den Kerl schon vermissen?«

Roi überlegte, ob er angreifen sollte. Kein leichtes Unterfangen, da von allen Seiten Waffen auf ihn gerichtet waren. Aber er hatte schon in schlimmeren Situationen gesteckt. Er konnte nur versuchen, sie zu reizen, damit sie die Geduld verloren und Fehler begingen. »Du bist nicht mehr als eine miese kleine Diebin«, wandte er sich an Barièta. »Ich dachte, in dir steckt mehr.«

»Du weißt ja, wenn der Tisch bereits gedeckt ist, sollte man nicht auf dem Dach auf Beute warten«, erwiderte Barièta höhnisch. »Meine Bezahlung ist denkbar schlecht. Also muss ich zusehen, wo ich bleibe. Und jetzt werden wir …«

In diesem Moment wurde es turbulent. Plötzlich tauchten aus allen Richtungen schwarz gekleidete Gestalten auf und überwältigten Barièta und ihre beiden Handlanger. Roi hatte sich kaum auf die neue Situation eingestellt, als ihm eine Kapuze über den Kopf gezogen wurde und man ihn erneut verschleppte.

Die Gruppe legte nur einen kurzen Weg zurück, dann ging es über Stufen abwärts. Die ganze Zeit sprachen seine Entführer kein Wort. Erst als die Reise zu Ende war, hörte er eine fremde Stimme sagen: »Die drei Diebe sind nur Störenfriede und nutzlos für uns. Erteilt ihnen eine Lektion und werft sie irgendwo auf die Straße. Den Händler behalten wir hier.«

Roi Danton wurde an einen Stuhl gefesselt, dann nahm jemand ihm die Kapuze ab. Er befand sich in einem leeren, feuchten Keller. Im Halbdunkel, neben einem blinden Fenster zur Gasse, lehnte eine Gestalt an einem Tisch. Weitere Schemen verteilten sich im Raum.

»Ich habe dir ein Geschäft anzubieten, Händler«, sagte der Mann am Tisch und beugte sich leicht nach vorn. Der einsame Lichtstrahl einer Straßenlampe verirrte sich auf sein Gesicht und offenbarte ein faltenreiches, eingefallenes Antlitz, umrahmt von ungepflegten weißen Haaren. Darunter zeichnete sich ein unförmiger Körper ab.

Roi Danton erkannte den Mann sofort. Er hatte jede Person im Umkreis der Baronin genau studiert. »Umgekehrt, Karul Tak-Veil«, sagte er ruhig. »Ich habe *dir* etwas anzubieten.«

Auf diese Eröffnung folgte ein längeres verblüfftes Schweigen. Dann fragte der Mann langsam: »Woher kennst du mich? Ich habe dich noch nie gesehen.«

»Ich zeige dir, was ich für dich habe. Wenn du mich zuerst von den Fesseln befreien würdest …«

»Karul, wir sollten …«

»Nun macht schon!«, unterbrach Roi den Einwand aus dem Dunkeln. »Ich bin einer gegen mindestens acht. Ihr alle seid bewaffnet. Vor kurzem bin ich von einer Frau niedergeschlagen und entführt worden. Habt ihr tatsächlich Angst vor mir?«

Karuls Zähne blitzten kurz im Straßenlicht auf. »Also los, befreit ihn!«

Roi Danton spürte erleichtert, wie die Fesseln von ihm abfielen. Er stand auf und rieb seine Handgelenke, in die langsam das Blut zurückkehrte.

»Ich warte«, sagte Karul.

»Noch einen Moment Geduld, bitte.«

Roi Danton bat um seinen Koffer und holte aus einem weiteren Geheimfach ein Lösungsmittel, mit dem er sich von seiner Maske befreien konnte. Da sie gut gearbeitet war, musste er einige Zeit daran herumzupfen, bis er es endlich geschafft hatte. Zuletzt nahm er die Kontaktlinsen heraus.

»Und nun Licht, bitte«, sagte er förmlich. Tatsächlich brachte jemand eine Lampe, die die Dunkelheit zumindest in die Winkel des Raumes zurückdrängte.

Der Unsterbliche stellte sich ins Licht. »Du bist Karul Tak-Veil, angeblich der beste Pilot der Galaxis, ein berüchtigter Säufer und enger Freund von Prinz Rimbea.«

»Tausend Fässer! Gut geraten, Bursche. Und mit wem habe ich die Ehre?«

»Ich bin Roi … Michael Rhodan, genannt Roi Danton. Perry Rhodans Sohn. Ich glaube, wir können uns gegenseitig helfen.«

Erneut verblüfftes Schweigen. Dann wurden die Männer unruhig, aber Karul brachte sie mit einer Handbewegung zur Räson. Er trat nahe an Roi Danton heran und musterte ihn. Ein übler Geruch nach Schweiß und Alkohol ging von ihm aus. In den vergangenen fünfzehn Jahren hatte er zwar an Gewicht verloren, sah aber noch verkommener aus als auf den alten Aufnahmen.

»Du hast seine Augen«, stellte Karul fest. »Natürlich kenne ich dein Gesicht aus den Medien, doch es könnte eine geschickte Täuschung sein, genauso wie deine Maske. Wir müssen mit allen Tricks rechnen. Aber du bist es wirklich, denn ich erkenne deinen Vater in dir.« Er grinste. »Das hörst du nicht gern, wie?«

Der Unsterbliche verzog keine Miene. »Wollen wir zum Wesentlichen kommen oder noch mehr Zeit verlieren?«

»Das gefällt mir«, sagte Karul. »Gehen wir an einen gemütlicheren Ort, Freund, wo wir uns unterhalten können.«

Roi wurde durch mehrere dunkle, feuchte und schmale Gänge in einen großen, hell erleuchteten Raum gebracht, dessen Einrichtung nichts zu wünschen übrig ließ.

»Unsere Männer sind überall in Amm verteilt«, erklärte Karul, nachdem sie es sich in den dekadenten Antigravpolstersesseln bequem gemacht hatten. »Sie halten nach Besuchern von anderen Welten Ausschau, damit wir Geschäfte mit ihnen machen können. Abzyk hat uns auf dich aufmerksam gemacht, da du offenbar einiges zu bieten hast. Wir brauchen dringend Waffen und Versorgungsgüter. Wir stehen in den Startlöchern, um den Palast einzunehmen, aber ohne die nötige Ausrüstung werden wir nicht weit kommen.«

»Was ist überhaupt geschehen?«, fragte Roi. »Bisher konnte ich keine genaueren Informationen erhalten.«

»Das ist schnell erklärt«, sagte der Pilot. »Der Putsch wurde von Lokkar angezettelt, Rimbeas Vater und Nert Jhariens Ehemann. Vor etwa einem halben Jahr tauchte er hier auf und übernahm das Regiment. Anscheinend hat er die Hohe Frau völlig überrascht. Sie hätte nie erwartet, ausgerechnet von ihm überwältigt zu werden.«

»Was ist aus Jharien und Rimbea geworden?«

»Lokkar hält sie im Palast gefangen, denn noch braucht er sie, bis alles Eigentum auf ihn übertragen wurde. Jharien ist zum Glück sehr misstrauisch und hat sich gut abgesichert. Deshalb ist die Übergabe mit beträchtlichem Verwaltungsaufwand verbunden. Aber Lokkar scheint es nicht sehr eilig zu haben. Er genießt lieber das Leben, als sich mit der Politik herumzuärgern. Aber er hat wohl auch erkannt, dass Macht viel Lebensfreude bringt. Deswegen hält er vorläufig den Schein aufrecht, dass sich nichts an den Regierungsverhältnissen geändert hat. Er fürchtet offenbar den Zorn des Volkes, denn Jharien ist sehr beliebt. Wer es wagt, ein offenes Wort zu sprechen, wird im Handumdrehen verhaftet.«

»Und welche Rolle hat Zheobitt in diesem Spiel übernommen?«

»Kurz bevor Lokkar eintraf, landete die ZENTRIFUGE auf Ammh Riconah II. Jharien hatte Zheobitt einen Forschungsauftrag angeboten. Sie sind schon seit langem Geschäftspartner. Lokkar hat den günstigen Moment genutzt, die ZENTRIFUGE und die Mannschaft festgesetzt. Er hat Zheobitt gezwungen, für ihn zu arbeiten.«

»Musste er wirklich dazu gezwungen werden?«

Karul hob die Schultern. »Vielleicht sind sie auch handelseinig geworden. Diesem Ara traue ich alles zu. Obwohl er sich seit seiner Berufung zum Mantar-Heiler gewandelt zu haben scheint und nur noch Geschäfte abschließt, die wenigstens halbwegs moralisch vertretbar sind.«

Roi nickte nachdenklich. »Ich nehme an, ihr habt Pläne des Palasts und wisst, wie man hineinkommt.«

»Alles ist längst vorbereitet, Roi. Bisher scheiterte es nur an der Ausrüstung. Lokkar hat erfolgreich verhindert, dass wir an Waffen kommen. Wir können froh sein, dass er uns noch nicht aufgespürt hat.« Karul zeigte auf seine Leute. »Wir sind nur noch fünfzehn, alle anderen sind verhaftet worden. Wir wechseln fast täglich unser Quartier. Dieser gemütliche Keller hier gehört jemandem, der nichts von unserer Anwesenheit weiß. Er wird sicherlich keine Meldung machen, da er die Räumlichkeiten für seine heimlichen Stelldicheins nutzt. Aber es wird immer schwieriger. Außerdem haben wir keine große Unterstützung in der Bevölkerung. Die wenigsten wissen, was tatsächlich los ist.«

»Fünfzehn müssten reichen«, sagte Roi. »Dürfte ich mal einen Blick auf die Pläne werfen?«

Sie diskutierten zwei Stunden über verschiedene Möglichkeiten, in den Palast einzudringen, Lokkar zu überwältigen und die Baronin zu befreien. Roi Danton rechnete sich gute Chancen aus, er hatte eine Menge Erfahrung auf diesem Gebiet, und Karuls Leute waren zu allem entschlossen. Außerdem hatten sie es nicht mit kampferprobten Militärtruppen zu tun, sondern mit Beamten des Hofstaats und Wachmannschaften, die in erster Linie zur Dekoration dienten. Ammh Riconah II war ein friedlicher Planet, weswegen Lokkar so leichtes Spiel gehabt hatte. Aber auch er war augenscheinlich nicht skrupellos genug, mit gnadenloser Härte vorzugehen.

»Ich finde es großartig, dass du nicht einfach abgehauen bist, sondern den Widerstand organisiert hast«, sagte Roi zum Piloten.

»Ich hätte gar nicht gewusst, wohin ich gehen sollte«, gestand Karul ein. »Immerhin gehöre ich irgendwie zur Familie. Ich kann die beiden nicht einfach im Stich lassen, nachdem sie mir immer vertraut haben.«

»Gut, dann kommen wir zum Geschäft«, sagte Roi. »Ich will Zheobitt, und ich habe es sehr eilig. Wie es der Zufall will, habe ich an Bord meiner Space-Jet ein paar Sachen, die euch von Nutzen sein könnten.« Er lächelte. »Schutzanzüge, Deflektoren, Waffen, was man als Gemischtwarenhändler so braucht. Die Ausrüstung reicht in jedem Fall für alle. Wir können losschlagen, sobald ihr bereit seid.« Er hielt Karul die Hand hin. »Einverstanden?«

Der Pilot zögerte keine Sekunde. »Einverstanden!«, sagte er und schlug ein.

Roi Danton bedauerte, dass Barièta nicht mit von der Partie war, denn für einen solchen Einsatz wäre sie bestens geeignet gewesen. Sie hatte ihre Chance endgültig verspielt. Aus ihr hätte mehr werden können, und wenn sie nicht bereit war, ihre Talente sinnvoll zu nutzen, würde sie auf ewig eine unterprivilegierte Diebin bleiben.

Am nächsten Morgen richtete Roi notdürftig seine Maske wieder her, mietete einen Gleiter zum Raumhafen und lud den Inhalt eines verborgenen Frachtraums der Space-Jet aus. Die Container waren ausreichend getarnt, um einer oberflächlichen Überprüfung standzuhalten. Außerdem wurde er von Abzyk begleitet, der den Zollbeamten wortreich erklärte, was für einen großartigen Handel er abgeschlossen habe. Er konnte sogar ein Muster vorweisen, eine vollautomatische Teppichmaschine, deren Erzeugnisse wie handgeknüpft aussahen.

Die Beamten waren nicht besonders aufmerksam. Im Grunde genommen war ihnen alles recht, was Devisen einbrachte, solange sie ihr Scherflein vom Umsatz erhielten.

»Die erlauchte Baronin dürfte über die herrschenden Zustände nicht allzu begeistert sein«, sagte Roi, nachdem sie sich in einem Unterschlupf wieder trafen und den Rest des Tages mit Vorbereitungen der Aktion verbrachten.

»Die Frage ist, was sie dagegen unternehmen kann.«

»Vielleicht kann ich ein Treffen mit Vertretern der Organisation Taxit vereinbaren«, überlegte der Aktivatorträger. »Der Arm des Kristallimperiums reicht kaum bis Ammh Riconah II. Daher halte ich es durchaus für möglich, dass Kreditvereinbarungen getroffen werden können. Immerhin ist dieser Planet reich an Rohstoffen.«

Roi überprüfte die Funktion der Deflektoren, Antiflexbrillen und Antiortungsschirme. Danach kontrollierte er, ob die Anzüge richtig saßen. »Merkt euch, dass wir lautlos und unbemerkt vorgehen wollen. Fangt also nicht an, wild in der Gegend herumzuballern, wenn euch eine Palastwache zu nahe kommt. Solltet ihr einen Fehler machen, werde ich mich sofort absetzen, denn meine Mission ist zu wichtig.«

»Ein halbes Jahr Ausbildung hat aus diesen Männern und Frauen Profis gemacht«, sagte Karul Tak-Veil nicht ohne Stolz. »Du kannst dich auf uns verlassen. Unser Plan funktioniert, wir haben lange daran herumgefeilt, und du hast ihm den letzten Schliff gegeben.«

»Ihr könnt darauf vertrauen, dass wir den Palast in einem *Coup d'État* einnehmen und binnen einer Stunde wieder normale Zustände herrschen.«

»In einem was?«

»Vergiss es. Macht euch bereit. In einer Stunde brechen wir auf. Kurz vor Mitternacht ist die beste Zeit, wenn sich der Palast auf die Nachtruhe vorbereitet. Da fallen ein paar Personen mehr oder weniger nicht sofort auf.«

Hoffentlich geht die Sache schnell über die Bühne, damit ich rechtzeitig nach Quinto-Center zurückkehren kann, dachte Roi besorgt. *Immerhin bin ich schon eine ganze Woche unterwegs*.

Da Karul jahrzehntelang im Palast ein und aus gegangen war, kannte er sich dort bestens aus. Auch mit dem Verlauf der Geheimgänge war er vertraut, denn durch seine Trinkerei war er mehr als einmal in Schwierigkeiten geraten und hatte sie zur Flucht nutzen müssen. Und er hatte Rimbea während seiner Jugendzeit des Öfteren geholfen, sich unbemerkt von der gestrengen Mutter nach draußen zu schleichen und die Vergnügungsviertel unsicher zu machen.

Alle Khasurne besaßen solche Geheimgänge, was angesichts der Rivalität, Intrigen und Fehden zwischen den hochadeligen Familien kein Wunder war. Auch auf Ammh Riconah II gab es genügend ehrgeizige Hofschranzen, und Nert Jharien hatte sich bereits mehrmals gegen einen versuchten Staatsstreich zur Wehr setzen müssen.

»Am Bau dieses Tunnels habe ich persönlich mitgearbeitet«, sagte Karul voller Stolz, während ihr kleiner Trupp zum Palast vorstieß. »Damals hatte ich gerade meinen Dienst angetreten, kurz nachdem Lokkar sich von Jharien getrennt hatte und nach Arkon zurückgekehrt war. In dieser Zeit hat die Baronin umfangreiche Umbauten am Palast vornehmen lassen, sodass Lokkar dieser Teil der Geheimgänge unbekannt sein dürfte.«

Sie kamen in einer holographischen Bildergalerie heraus, in der sich um diese Zeit erwartungsgemäß niemand mehr aufhielt, und trennten sich. Karul, Roi und drei weitere Arkoniden wollten nach Lokkar suchen, eine zweite Gruppe sollte die Baronin und den Prinzen befreien. Die dritte Gruppe war für die Rückendeckung und die Ausschaltung der Überwachungssysteme verantwortlich.

Der Palast hatte nichts von seinem einstigen Glanz verloren. Die Ausstattung war großzügig, und die Räume waren gut beheizt. Roi musste die Klimaanlage seines Anzugs einschalten, während sich die Arkoniden über die für sie angenehme Temperatur freuten.

Im Schutz der Unsichtbarkeitsfelder kamen sie gut voran. Sie mussten nur darauf achten, nicht versehentlich mit jemandem zusammenzustoßen. Die Angehörigen des Hofstaats waren zu dieser Zeit auf dem Weg zu ihren Gemächern, die Wachen hatten Schichtwechsel, überall war organisches und mechanisches Reinigungspersonal unterwegs. Jeder war mit sich selbst beschäftigt und achtete kaum auf die Umgebung. Die Überwachungssysteme waren noch nicht auf nachtaktiv geschaltet, solange in den Gängen und Räumen Bewegung herrschte.

Karul führte Roi und die anderen in den riesigen Empfangssaal, von dem die Räumlichkeiten der Baronin abgingen. Beeindruckende, in mattem rötlichem Schwarz schimmernde Xalit-Marmorsäulen zogen sich in Rundbögen an den Seiten entlang. In zehn Metern Höhe befanden sich Oberlichter, doch jetzt war der Saal mit künstlichem Licht erhellt. Eine Seite war zu einem typisch arkonidischen Arboretum umfunktioniert worden.

Überall an den Wänden waren Wachen postiert. Nur noch wenige Hofschranzen waren noch anwesend. Nicht mehr lange, dann würde es im Palast still werden. Ihnen blieb nicht mehr viel Zeit.

Karul vermutete, dass Lokkar sich in Jhariens Räumen breit gemacht hatte. Der Zugang war mit einem Kodeschloss gesichert. Karul machte Roi Danton Platz, der einen Mikrodecoder einsetzte und die Tür nach etwa einer Minute geöffnet hatte.

»Tolle Geräte habt ihr, das muss euch der Neid lassen!«, brummte Karul.

Sie sicherten nach allen Seiten und drangen dann in einem unbeobachteten Moment in Jhariens ehemalige Gemächer ein. Sie betraten einen Vorraum, von dem zwei Gänge abzweigten. Geradeaus ging es durch einen hell erleuchteten Torbogen in Jhariens Wohnraum.

Lokkar war tatsächlich anwesend. Er nahm ein üppiges Mahl an einem voll beladenen Tisch ein, bedient von leicht bekleideten, hübschen Arkonidinnen. Eine stand hinter seinem Stuhl und fächelte ihm mit einem großen Fächer aus kostbaren Federn Luft zu. Es waren keine Wachen da. Roi konnte sich den Grund denken, als er ein weiteres Mädchen zu Füßen Lokkars entdeckte, das sich an seiner Hose zu schaffen machte.

Die Gruppe verteilte sich wie verabredet im Raum. Karul stellte sich neben das Mädchen mit dem Fächer hinter Lokkars Stuhl, Roi Danton postierte sich davor.

Dann enttarnten sie sich.

Zwei der Mädchen fielen vor Schreck in Ohnmacht. Das Mädchen neben Karul ließ den Fächer fallen und rannte zur Tür, die jedoch von einer Arkonidin gesichert wurde. Sie musste nur kurz die Waffe heben, dann gab das Mädchen auf.

Lokkar erstarrte mitten in der Bewegung. Er war ein großer, schlanker Arkonide, vermutlich auf Arkon geboren, mit den typisch adeligen, dekadenten Gesichtszügen, der leicht getönten Haut, den weißen Haaren und den klaren roten Augen.

»Was verschafft mir die Ehre dieses unerwarteten Besuchs?«, versuchte Lokkar sich nonchalant zu geben.

»Wir haben deinen Palast eingenommen«, sagte Roi Danton ruhig. »In diesem Moment befreien unsere Leute deine Frau und deinen Sohn. Wenn du kooperierst, geschieht dir nichts – wenn du zum Beispiel die Hände dort lässt, wo ich sie sehen kann.«

Lokkar legte die Hände wieder auf den Tisch und schien kurz zu überlegen. Dann gab er sich geschlagen. »Gute Arbeit«, lobte er. »Ich dachte, ich hätte mich ausreichend abgesichert.«

»Im Prinzip hast du Recht, aber wir besitzen die bessere Ausrüstung«, sagte Karul und fesselte Lokkars Hände mit Energiefeldern. »Deine Leute werden sich nicht lange zur Wehr setzen, vermute ich. Nach allem, was du getan hast, dürften sie froh sein, dich los zu sein.«

Sein Helmempfänger gab ein kurzes Signal. Er ging auf Empfang und nickte Roi zu. »Die anderen waren ebenfalls erfolgreich. Es war ganz einfach, die Wachen waren entweder betrunken oder haben geschlafen, die Überwachungszentrale war so gut wie nicht besetzt. Offensichtlich hast du deinen Mitarbeitern zu lange kein Gehalt ausgezahlt, weil deine Kassen leer sind. Also haben sie es dir mit Unaufmerksamkeit gedankt.«

»Das war praktisch, denn so konnten sie von den wenigen Freunden bestochen werden, die weiterhin für mich tätig waren«, erklang eine rauchige Stimme im Hintergrund. Nert Jharien und ihr Sohn waren unbemerkt eingetreten. Beide wirkten blass und abgemagert, aber gesund. Die Gefangenschaft hatte der Schönheit der Baronin nichts anhaben können. »Danke, Karul! Ich habe jeden Tag zu Arkons Göttern gebetet, dass du kommst. Ich habe euch den Weg in den Palast vorbereitet, so gut es ging.«

Dann schritt sie an Roi vorbei zu ihrem ehemaligen Lebensgefährten und musterte ihn aus rubinrot flammenden Augen. »Du bist und bleibst ein Trottel und Versager, Lokkar! Du schaffst es einfach nicht, eine Sache richtig zu Ende zu bringen! Du denkst immer nur an dein Vergnügen und verlässt dich darauf, dass andere ohne Sold die Drecksarbeit für dich erledigen! Denkst du wirklich, man sichert sich den Gehorsam der Hofbeamten, indem man ihnen Freudenmädchen ins Bett legt? Jeder Essoya hat mehr Hirn als du!«

Sie nickte Karul zu. »Bringt ihn in eine Arrestzelle, ich werde mir später in Ruhe überlegen, wie ich ihn am besten loswerde.« Die Hohe Frau schaute sich um. »Zunächst muss ich hier Ordnung schaffen. Dieser Kerl hat meinen Palast in ein Rattenloch verwandelt!«

Lokkar hatte es vorgezogen zu schweigen und lediglich eine indignierte Miene aufgesetzt. Er ließ sich widerstandslos abführen.

»Wirst du ihn töten?«, fragte Prinz Rimbea.

»Natürlich nicht, mein Keimsprössling. Erstens ist er dein Vater, und zweitens bringt mir sein Tod nichts ein. Höchstens einen Skandal, den ich nicht brauchen kann. Ich werde mit ihm einen Handel vereinbaren, er wird mir eine Verzichtserklärung unterzeichnen, und ich lasse ihn laufen. Pleite, aber frei. Mehr hatte er auch nicht, als wir uns kennen lernten.«

Schließlich wandte sich die Baronin an Roi Danton. »Du bist also Perry Rhodans Sohn. Das lässt sich in der Tat nicht verleugnen, du hast eine Menge von ihm geerbt. Allerdings siehst du viel besser aus als er. Jedenfalls war dein Vater mir noch einen Gefallen schuldig. Du kannst ihm sagen, dass wir jetzt quitt sind. Ich danke dir für deine Unterstützung.«

»Zhdopan, ich bin aus einem ganz bestimmten Grund hier«, sprach Roi Danton die Aristokratin an. »Ich muss dringend mit Zheobitt sprechen.«

Jharien verzichtete darauf, nach dem Warum zu fragen. »Rimbea, mein Augenstern, suche den großen Medikus und bring ihn her.«

»… unter vier Augen, wenn es nicht zu anmaßend ist«, fügte der Unsterbliche hinzu.

»Nun gut, in Anbetracht der Situation will ich großzügig sein. Am besten nimmst du Zheobitt gleich mit, denn im Augenblick kann und will ich seine Dienste nicht in Anspruch nehmen. Unsere Geschäftsbeziehung hat sich ein wenig getrübt, und ich muss erst darüber nachdenken, wie es weitergehen soll.« Jharien seufzte. »Karul, bring unseren Freund in ein Konferenzzimmer.« Sie streckte Roi die Hand hin. »Ich danke dir. Wir trennen uns in Freundschaft. Gute Reise.«

Dann drehte sie sich um. »Als Nächstes«, rief sie mit völlig veränderter, weithin schallender Stimme, »will ich den gesamten Hofstaat und die Wachen im Prunksaal versammelt sehen, in einer halben Stunde, damit sie mir Rede und Antwort stehen. Ich will wissen, wie sie mich in einem feuchten Keller verrotten lassen konnten!«

Karul grinste, während er Roi Danton zu einem Konferenzraum begleitete.

»Nun, und bist du zufrieden mit dem *Cul detta*, den wir gemacht haben?«

»*Coup d'État,* mon ami, und was deine Verballhornung betrifft, so mag sie in Bezug auf manche Politiker durchaus ihre Berechtigung haben. Eure Gebieterin selbstredend ausgenommen, die ihr von nun an hoffentlich gut behütet.«

»Das werden wir.«

Eine unblutige Revolution, dachte Roi erstaunt, während er auf Zheobitt wartete. *Perry hat mir erzählt, dass hier vieles anders ist. Wenn nur alles so einfach wäre …*

Bald darauf kam Zheobitt herein, zusammen mit Kreyfiss, seinem ständigen Begleiter. »Wie es aussieht, habe ich dir zu danken.«

»Sieht es danach aus?«, fragte Roi.

Der hochgewachsene, asketisch hagere Ara zeigte wie stets eine unbewegte Miene. »Durchaus«, antwortete er. »Ich habe nicht mit diesem Usurpator zusammengearbeitet, falls du das annehmen solltest. Zum einen hatte er nicht genügend finanzielle Mittel, zum anderen halte ich ihn für einen ausgesprochenen Dummkopf, dessen kindische Machtspiele ich nicht im Traum unterstützen würde. Keine der Personen, die ich bestrafen sollte, hat ernsthaften Schaden genommen. Spätestens auf dem Weg zu ihrer Beerdigung kamen sie wieder zu sich und wurden in Sicherheit gebracht. Leider musste ich Lokkars Drohung, die ZENTRIFUGE zu sprengen, ernst nehmen, denn er hat eine Bombe mit ausreichender Sprengkraft an Bord deponiert und von einer unbestechlichen robotischen Einheit bewachen lassen. Meine Mannschaft wurde in Arrestzellen gebracht. Auf sie hätte ich möglicherweise verzichten können, nicht aber auf mein Schiff.«

»Das verstehe ich. Aber du bist mir keine Rechenschaft schuldig«, entgegnete Roi. »Ich bin nicht hier, um über dich Gericht zu sitzen. Ich brauche deine Hilfe.«

Nun zeigte sich doch eine Regung in Zheobitts Gesicht: Neugier.

Roi Danton hatte einen Datenwürfel mit den bisher gewonnenen Untersuchungsergebnissen mitgebracht und informierte Zheobitt über alles Notwendige. Doch die Neugier des genialen Medikus war schnell erloschen.

»Du hast deinen Weg umsonst gemacht, Roi Danton. Ich werde mich keinesfalls in einen Seuchenherd begeben«, lehnte er die Bitte um Unterstützung rundweg ab.

»Seit wann scheust du eine Herausforderung?«, versuchte Roi ihn zu provozieren.

»So nicht, Terraner. Früher hätte ich ein solches Angebot angenommen, weil ich nahezu jeden Preis dafür verlangen könnte. Aber heute … kann ich mir meine Aufträge aussuchen. Und diesen hier werde ich ganz sicher nicht annehmen. Ich bin nicht lebensmüde.«

»Und was ist mit den über hunderttausend Kranken?«

»Was geht mich das an? Dann gibt es eben ein paar USO-Spezialisten weniger. Mit Geheimorganisationen will ich nichts zu tun haben, das müsstest du meinem Lebenslauf entnommen haben.«

»Das kannst du uns nicht antun«, sagte Roi leise.

»Im Grunde ist es doch gar nicht so schlimm«, sagte Zheobitt. »Schließlich ist der Seuchenherd lokal begrenzt. Das heißt, man muss nur eine Weile abwarten und fängt dann wieder von vorne an. Ich kann euch Tipps geben, wie ihr die Station am besten dekontaminiert. Sogar unentgeltlich, denn niemand soll mir Profitgier um jeden Preis nachsagen. Aber das ist alles, was ich für euch tun kann.«

Der Mantar-Heiler hatte sich bereits zum Gehen gewandt. So entging ihm die plötzliche Veränderung in Roi Dantons Gesicht. Es wurde schmaler, die Konturen wurden schärfer, die Augen dunkel. Zwei tiefe Furchen führten die Linien der zusammengepressten Lippen zum Kinn hinunter fort. Seine Körperhaltung veränderte sich, er spannte sich an und neigte sich drohend vor.

»Ich biete dir zum letzten Mal die Gelegenheit, uns freiwillig zu helfen«, sagte er mit völlig veränderter Stimme, die um eine halbe Oktave tiefer und spürbar kälter klang. »Ich lasse dich nicht einfach so gehen, Zheobitt, denn ich werde nicht zulassen, dass Tausende sterben, nur weil du Angst hast.«

»Zufällig ist mein Leben sehr kostbar, wenn nicht unersetzlich«, entgegnete der Ara gelassen und wandte sich wieder Roi zu. »Glaubst du, mich irgendwie beeindrucken zu können? Oder einzuschüchtern?«

Roi Danton lächelte. Er ging langsam auf Kreyfiss zu, der auf den Hinterbeinen kauerte. Er sah aus wie ein unförmiger Fellsack auf zwei Füßen. Die dunklen Augen mit den langen Wimpern sahen vertrauensvoll zum Terraner auf. »Pick?«, machte er.

Roi streichelte das Tier zwischen den Ohren, und es schmiegte den Kopf an ihn. Die andere Hand des Terraners glitt wie zufällig zur Kehle des Blenders.

»Was soll das werden?«, fragte Zheobitt.

»Ganz einfach«, antwortete Roi. »Ich werde ihn töten, wenn du dich weigerst.«

»Aha! Dann tu es doch!«

»Auch deine Tricks fruchten nicht, Zheobitt. Du magst ein emotionsloser … Geschäftemacher sein, um es höflich auszudrücken. Aber ich bin mir sicher, dass Kreyfiss dir wirklich etwas bedeutet. Er begleitet dich schon sehr lange, und er ist dein einziger Freund. Er lässt sich von dir missbrauchen und quälen, aber er hält treu zu dir. Mach dir nichts vor, Zheobitt. Du bist keine Maschine, sondern ein Lebewesen mit Emotionen, die sich nie ganz unterdrücken lassen. Selbst du brauchst jemanden. Niemand kann auf Dauer allein sein. Vor allem, wenn du genau spürst, dass jeder dich hasst, dass man dich nur hofiert, weil du genial bist.«

»Bist du fertig?«, wollte Zheobitt wissen.

»Reicht es dir noch nicht?«, erwiderte Roi. »Ich kann es tun. Sehr schnell, sehr leicht. Du kannst es nicht verhindern. Willst du es wirklich darauf ankommen lassen?«

Tatsächlich zögerte Zheobitt nun, und ihm war deutlich anzusehen, wie es in ihm arbeitete. Dann trat ein süffisanter Ausdruck auf sein Gesicht. »Es hätte beinahe funktioniert«, sagte er in arrogantem Tonfall. »Aber ich kenne dich. Du bist genau wie dein Vater – viel zu weich, viel zu mitfühlend. Du würdest niemals als Mittel zum Zweck unschuldiges Leben vernichten, noch dazu ein wehrloses Tier. Du bist dazu gar nicht in der Lage.«

Als hätte er seinen Herrn verstanden, gab Kreyfiss ein leise klagendes Fiepen von sich. Rois Hand an der Kehle des Tieres zitterte leicht.

»Außerdem«, fügte Zheobitt triumphierend hinzu, »hat Kreyfiss einen untrüglichen Sinn für Gefahr. Er würde sofort den Kopf einziehen, wenn du ihn ernsthaft bedrohen würdest.«

Roi Danton lächelte düster. Seine Augen waren jetzt fast schwarz, und ein unheilvolles Licht flackerte darin. »Aber du vergisst, wer ich bis vor kurzem war«, sagte er mit leiser, eisiger und gleichzeitig erschreckend ruhiger Stimme.

In diesem Moment verschwand Kreyfiss' Kopf in der Hautfalte.

Zheobitt verharrte, seine Miene fiel in sich zusammen, und er war deutlich verunsichert. Kreyfiss schien die Drohung mittlerweile sehr ernst zu nehmen, denn sein Körper war starr geworden.

Plötzlich richtete Roi Danton sich auf, Gesicht und Haltung wandelten sich erneut, und er sah auf einmal ganz wie der unbeschwerte Freihändlerkönig aus, der er einst gewesen war. »Mon cher ami, ich habe wirklich gehofft, nicht zu diesem Mittel greifen zu müssen«, sagte er mit seiner gewohnten Stimme im Plauderton. »Aber nun muss ich wohl die Katze aus dem Sack lassen: Du erinnerst dich gewiss, dass du auf Aralon als Aspirant beinahe einem Giftanschlag zum Opfer gefallen wärst. Das war so gegen Ende 1303, wenn ich mich recht entsinne.«

»Am 7. November, um genau zu sein«, ergänzte Zheobitt mit starrer Miene.

»Attentäterin war die Zada-Meisterin Irkani Thrada, eine hoch angesehene Giftmischerin, die dich unbedingt ins Jenseits befördern wollte, nachdem du ihre Avancen nicht ernst genommen hast«, fuhr Roi Danton fort. Er ging hinter Kreyfiss auf und ab, die Arme hinter dem Rücken verschränkt, wie ein Dozent der alten Schule. »Dein Chronist und neben Kreyfiss dein einziger Freund, Zwergmaus, der Hoffer von Horstmanns Planet, verlor dabei das Leben. Kreyfiss überlebte dank seiner einzigartigen Fähigkeiten, nahezu jede Substanz umwandeln zu können.«

»Kreyfiss hat mir das Leben gerettet«, bestätigte Zheobitt tonlos. »Worauf willst du hinaus?«

»Das liegt doch auf der Hand, mein Freund.« Roi Danton strahlte den Ara mit einem überlegenen Lächeln an. »Du wurdest gar nicht geheilt. Die Dosis, die du abbekommen hast, war absolut tödlich, und sie wirkt immer noch in deinem Körper. Irkani hat ganze Arbeit geleistet. Das bedeutet, du brauchst regelmäßige Dosen des Gegengifts von deinem kleinen Begleiter, um das chemische Gleichgewicht zu erhalten. Das Antidot baut sich leider mit der Zeit ab, das Gift hingegen nicht. Du weißt immer noch nicht, worum es sich dabei handelt, auch nach fast fünfzehn Jahren noch nicht. Muss schrecklich sein, wenn der große Genius an seiner eigenen Vergiftung scheitert. Deshalb bist du doch gerade dabei, ein teures neues Labor in der ZENTRIFUGE einzurichten, nicht wahr? Denn Kreyfiss wird nicht ewig leben. Und wenn er nicht mehr da ist, sieht deine Zukunft ziemlich düster aus. Dann solltest du deine Angelegenheiten rasch in den wenigen Stunden regeln, die dir noch bleiben.«

»Woher weißt du das?«, fragte Zheobitt, der bleich wie ein Leichentuch geworden war. Auf seinem haarlosen Eierkopf bildeten sich hektische rote Flecken.

Roi Danton näherte sich ihm langsam, bis er ihm Auge in Auge gegenüberstand, wobei er den Kopf leicht in den Nacken legen musste. Aus seinem Gesicht war jeder freundliche Ausdruck verschwunden. »Ich habe es nicht gewusst, sondern vermutet, da ich keine Beweise hatte«, gab er offen zu. »Ich habe lediglich Fakten zusammengetragen und daraus meine Schlüsse gezogen. Wie es aussieht, habe ich ins Schwarze getroffen. Lass dir das eine Lehre sein. Du magst auf deinem Gebiet ein Genie sein, aber ich möchte dir raten, dich nie wieder mit jemandem wie mir anzulegen.«

Er drehte sich um, ging zu Kreyfiss und trommelte mit den Fingerspitzen auf den dicken Bauch. »Nun komm wieder zum Vorschein, Kleiner, alles ist gut. Ich wollte dich wirklich nicht erschrecken. Na, komm schon!«

»Pack-pack!« Kreyfiss erwachte wieder zum Leben und lugte vorsichtig aus der Hautfalte hervor. »Kick!« Er ließ es sich gefallen, von Roi gestreichelt zu werden.

»Hättest du es getan?«, fragte Zheobitt aus dem Hintergrund.

»Lass es nicht darauf ankommen«, erwiderte Roi und drehte sich zum Ara um. »Wie lautet nun deine Entscheidung?«

»Ich gebe nach«, antwortete der Mantar-Heiler. »Ich habe ohnehin keine Wahl, nicht wahr? Aber ich will dein Wort, dass niemand davon erfährt.«

»Mein Wort gegen deines«, versprach Roi. »Dafür schweigst du über Quinto-Center.«

»Na schön. Dann werde ich die ZENTRIFUGE zum Start vorbereiten lassen und …«

»Auf gar keinen Fall«, lehnte Roi ab. »Du wirst ohne dein Schiff auskommen müssen. Ich gestatte dir lediglich, Kreyfiss mitzunehmen.«

»Unmöglich!« Jetzt verlor Zheobitt endgültig die Fassung. »Ich werde mein Schiff nicht zurücklassen. Außerdem brauche ich meine Laboratorien für die Analysen …«

»Es reicht.« Roi Danton zog einen Handstrahler und feuerte einen Paralyseschuss auf den Ara ab, der sofort in sich zusammensackte. »Das hätte ich gleich tun sollen, um wertvolle Zeit zu sparen«, murmelte er.

»Pack-keck?« Kreyfiss hoppelte zu seinem Herrn und schnupperte besorgt mit zitternder Nase an seinem Gesicht.

»Keine Angst, es ist alles in Ordnung«, beruhigte der Unsterbliche das Tier. Er klebte dem Mediker ein Injektionspflaster mit einem Betäubungsmittel in den Nacken. »Jetzt machen wir drei eine kleine Reise, einverstanden?«

Er aktivierte den Helmfunk und rief Karul an. »Einen letzten Dienst müsst ihr mir noch erweisen«, bat er. »Bringt mich und Zheobitt zum Raumhafen, dann seid ihr mich los. Wenn möglich, behaltet seine Mannschaft noch eine Weile da.«

»Die befindet sich bereits in der ZENTRIFUGE, aber mir wird schon was einfallen, wie wir sie wieder rausholen«, erklang die Stimme des Piloten aus dem Empfänger.

»Macht's gut«, sagte Roi. »Vielleicht besuche ich euren Planeten mal wieder – aber unter angenehmeren Umständen.«

»Das solltest du dir nicht entgehen lassen, Freund. Ich glaube, Jharien hat ein Auge auf dich geworfen. Sie wirkte ziemlich von dir beeindruckt. Sie ist eine tolle Frau.«

»Ich weiß«, sagte Roi, dachte dabei aber an Lorana. Hoffentlich wartete sie noch auf ihn.

12.

Quinto-Center, 21. bis 25. Juli 1318 NGZ

Lejure musste sich zusammenreißen, damit ihr nicht übel wurde. Jeder Gang wurde zum Spießrutenlauf für Nerven und Magen. Vor ihren Augen brachen Menschen und andere Intelligenzwesen ohne Vorwarnung zusammen, übersät mit blutenden Wunden. Sie schrien um Hilfe, krümmten sich und starben wie die Fliegen. Es geschah überall und ständig in Quinto-Center.

Selbst Kammoss war schließlich vor Erschöpfung an seinem Arbeitsplatz zusammengebrochen und wenige Stunden später gestorben. Lejure bedauerte es zutiefst, dass sie kaum die Gelegenheit erhalten hatte, den Ara, der immerhin ihr direkter Vorgesetzter gewesen war, etwas besser kennen zu lernen.

Kein Wunder, dass viele beim Anblick solcher Schreckensszenen in Panik gerieten. Niemand wusste, wen es als Nächsten treffen würde. Manche versuchten, das Unausweichliche hinauszuzögern, indem sie Abstand zu den anderen hielten, bei denen die Krankheit bereits sichtbar war. Das erlebte Lejure, als sie eine Robotküche in einer Messe aufsuchte. Jeder saß für sich allein an einem Tisch und achtete darauf, dass ihm keiner zu nahe kam. Misstrauische Blicke gingen hin und her, vor allem die Neuankömmlinge wurden argwöhnisch gemustert. Der Mann hinter Lejure fühlte sich durch diese Blicke provoziert.

Er hatte seltsame Flecken auf der Haut, und seine Augen waren blutunterlaufen.

»Ist etwas?«, fuhr er einen Mann an, der ihn ununterbrochen anstarrte.

»Ja«, sagte der andere. »Jemand wie du dürfte eigentlich gar nicht mehr frei herumlaufen!«

Bevor Lejure eingreifen konnte, fielen die beiden übereinander her. Die Übrigen verließen panisch die Messe und stürmten zur nächsten Krankenstation.

Die Mediker wussten bald nicht mehr, wo sie zuerst ansetzen sollten. Die Wissenschaftler arbeiteten rund um die Uhr und gaben sich unzugänglich oder gar gereizt, wenn zu viele Anfragen auf einmal auf sie einstürmten. Und sie versuchten, das Elend nicht zu nahe an sich heranzulassen. »Sonst könnte ich nicht weitermachen«, vertraute Lorana Franklin Lejure an. »Ich würde vor Hoffnungslosigkeit und Trauer zusammenbrechen. Ich muss so tun, als ginge es nur um Experimente, so furchtbar es klingen mag.«

Und Lejure hatte das Gefühl, zwischen den Stühlen zu sitzen. Sie verstand beide Seiten, wusste aber nicht, wie sie die allmählich eskalierende Situation beruhigen konnte.

Die zum Nichtstun Verdammten ließen sich nicht mehr in ihren Quartieren halten. Sie fühlten sich benutzt und machten ihrem Unmut Luft. Darius Fynn trieb sie zusätzlich in die Enge, als er einen Bereich nach dem anderen mit Energieschirmen abriegelte, vor allem die Sektionen, die zu den Hangars führten, die medizinischen Labors, die fieberhaft an der Analyse arbeiteten, und den Zentralbunker.

»Wir sind doch keine Gefangenen!«, schrie Lorry Quay und lief hektisch vor einem energetischen Sperrgitter auf und ab. »Ihr habt kein Recht, uns einzusperren!«

»Isoliert wenigstens die Kranken, bevor sie noch mehr anstecken!«, brüllte ein anderer.

Lejure Makaam bahnte sich einen Weg durch die wütende Menge, was ihr mit einer Körpergröße von fast drei Metern nicht allzu schwer fiel. »Seid doch vernünftig!«, rief sie mit lauter, tiefer Stimme. »Wir tun alles, was wir können, aber ihr dürft uns nicht behindern!«

»Ich bleibe nicht mit den Infizierten zusammen!«, wiederholte der Schreihals seinen Standpunkt.

»Aber wir sind doch alle infiziert!«, gab Lejure zurück. »Keiner von uns ist verschont geblieben!«

»Was macht dich so sicher?«, rief der Mann. »Ich fühle mich völlig gesund, und du siehst auch nicht krank aus! Ist das ein Experiment, bei dem wir als Versuchskaninchen dienen?«

Lejures Stimme ging schließlich in der allgemeinen Empörung unter. Lorry packte sie und zerrte sie hinter sich her. »Bist du verrückt geworden?«, fuhr er sie an. »Auf wessen Seite stehst du eigentlich?«

»Ich wusste gar nicht, dass es verschiedene Seiten gibt«, erwiderte Lejure. »Wir sitzen alle im selben Boot.«

»Merkst du denn nicht, was hier gespielt wird?«

»Ich weiß nicht, wovon du redest.«

»Haben sie dir das Serum in Aussicht gestellt? Oder hast du es sogar schon bekommen?«

»Wenn es ein Gegenmittel gäbe, hättest du es längst erhalten, Lorry! Genauso wie alle anderen!«

»Vielleicht gibt es gar nicht genug für alle. Oder es

wirkt nicht bei Scü.« Lorrys Hals lief dunkelblau an, und sein Kropf wippte auf und ab.

Lejure bekam es mit der Angst zu tun. »So etwas traust du mir zu?«, flüsterte sie.

»Ich traue jedem alles zu!«, gab Lorry mit einem scharfen Klicken zurück. »Es geht ums nackte Überleben! Wir sind wie Vieh eingesperrt, und wir sollen wie Vieh verrecken!«

»Du weißt, dass wir nicht in der Öffentlichkeit ...«

»*Scheiß drauf!* Was ist ein Geheimnis wert, wenn keiner mehr da ist, um es zu hüten?«

Lejures Ohren wurden feucht. Mit zitternden Händen versuchte sie, Lorrys gesträubtes Gefieder zu glätten. »Lorry, glaubst du im Ernst, es wäre anders, wenn die da draußen wüssten, was mit uns los ist? Ich kann dir genau sagen, was dann passiert. Wir werden unter Quarantäne gestellt, und die Medien stürzen sich auf uns, um jeden Tag neue, reißerische Geschichten zu bringen! Sie werden Kameras einschmuggeln, die uns live beobachten, wie wir sterben, wie wir uns gegenseitig an die Kehle gehen, wie wir alle durchdrehen! Sie werden uns unserer Würde berauben und zusehen, wie wir zugrunde gehen, aber sie werden nichts für uns tun können!«

»Eine beeindruckende Rede!«, sagte Lorry. »Aber ich kann dir leider kein Wort mehr glauben. Da!« Er stieß geräuschvoll Luft durch seine seitlich am Schnabel gelegenen Nasenöffnungen und wischte mit dem Handrücken darüber. Dann zeigte er Lejure seine Hand, auf der sich kupferrote Flecken befanden. »Mich hat es auch erwischt. Und du bist immer noch kerngesund. Kannst du mir das erklären?«

Lejures Augen füllten sich mit Tränen. »Ich habe einfach nur Glück gehabt«, flüsterte sie. »Irgendeine Besonderheit meines Metabolismus …«

»Genauso wie Lorana, was? Sie ist ebenfalls noch gesund, im Gegensatz zu Kammoss, der inzwischen das Zeitliche gesegnet hat! Eure dummen Nanoroboter haben leider nicht das geringste Resultat erbracht! Nein, Schwesterchen, ich habe es satt. Ihr seid unfähig, alle miteinander. Wir haben euch vertraut und sind verraten worden. Jetzt werden wir die Sache in die Hand nehmen!« Er kehrte um und stürmte davon.

»Lorry, warte!«, rief Lejure ihm verzweifelt hinterher. Sie wusste, dass sie ihn nicht einholen konnte. Mit jeder Schrittlänge überwand er bis zu drei Meter, und auf gerader Strecke konnte er bis zu siebzig Stundenkilometer schnell werden. Lejure konnte zwar recht weit springen, aber nicht besonders schnell rennen. »Was hast du vor?« Ihre Stimme überschlug sich. Aber ihr Freund hörte nicht mehr auf sie.

Schluchzend kehrte Lejure ins Labor zurück. »Lorana, wir müssen endlich eine Lösung finden, bevor alle durchdrehen!«

»Das ist mir klar«, sagte die Medikerin erschöpft. »Ich weiß nicht, wer schneller sein wird – der Tod oder der Wahnsinn.« Dann musste sie niesen.

Erschrocken starrte Lejure sie an.

Lorana putzte sich die Nase und starrte auf die Blutflecken in ihrem Taschentuch.

»Nein!«, flüsterte Lejure und zitterte plötzlich am ganzen Körper.

»Ich hoffe, wenigstens du gerätst nicht sofort in Panik«, sagte Lorana streng. »Es kann auch eine geplatzte Ader in der Nasenscheidewand sein. Trotzdem werde ich mir sofort ein Breitband-Antibiotikum verabreichen. So schnell gebe ich nicht auf.«

»Kann ich dir irgendwie helfen?«, fragte Lejure niedergeschlagen.

»Nein, Lejure. Suche dir einen sicheren Platz und verhalte dich ruhig. Du kannst nichts mehr tun.«

Das war ein klarer Rauswurf. Geknickt schlich die Rubinerin davon.

Das Schlimme war, dass Lejure gar nicht über ihre Vermutungen reden musste. Inzwischen kursierten jede Menge Gerüchte, die von einem gezielten Anschlag gegen Quinto-Center ausgingen. Kaum jemand schien noch an einen bedauernswerten Zufall zu glauben, wie die Rubinerin im Vorbeigehen den geflüsterten Gesprächen entnahm. Die Spezialisten steigerten sich in immer wildere Fantasien hinein. Lejure befürchtete, dass schon bald jeder jeden verdächtigen würde, ein Verräter zu sein.

Immer häufiger erlebte sie hautnah mit, wie die »Gesunden« Jagd auf die »Kranken« machten, sie durch die Gänge hetzten, aus den Messen vertrieben und sie einsperrten. Lejure versuchte zu helfen und zu beschwichtigen, aber sie konnte nicht überall gleichzeitig sein, um das Schlimmste zu verhindern.

Sie ging unterdessen weiter ihrem Verdacht nach, hütete sich jedoch, offen darüber zu sprechen. Wer sollte ihr glauben? Darius Fynn erhielt jede Viertelstunde neue

Hinweise auf eine Verschwörung. Trotzdem war sie davon überzeugt, dass die Seuche bewusst ausgelöst worden war und sie nicht wie die anderen unter paranoiden Wahnvorstellungen litt.

Wenn es ein Selbstmordattentat war, musste es irgendwo einen Abschiedsbrief geben, einen Hinweis auf das Tatmotiv. Möglich war auch, dass die Arkoniden einen USO-Spezialisten enttarnt hatten – zum Beispiel Markus Fall – und ihn zum Verräter gemacht hatten. Aber würden sie tatsächlich zu derart hinterhältigen und grausamen Mitteln greifen, nur um eine unliebsame Geheimorganisation auszulöschen?

Vielleicht wollten der oder die Attentäter auch abwarten, bis die Besatzung so zermürbt war, dass sie auf alle Forderungen einging, um das Gegenmittel zu erhalten. In diesem Fall mussten die Verantwortlichen immun sein.

Das größte Rätsel war für Lejure die Frage nach dem Motiv des Anschlags. Dass einfach nur die USO vernichtet werden sollte, kam ihr zu absurd vor. Wenn mehrere hunderttausend Geheimagenten starben, würde man sofort mit dem Aufbau einer neuen Organisation beginnen. Es sei denn, mit dieser Provokation sollte ein galaxisweiter Krieg ausgelöst werden …

Vielleicht ist mein Horizont zu beschränkt, dachte Lejure. *Oder ich denke zu kompliziert. Es könnte auch ein persönliches Motiv dahinter stecken. Rachegefühle nehmen manchmal äußerst bizarre Formen an. Ein geistig Verwirrter könnte einen vollständigen Realitätsverlust erleiden und überzeugt sein, dass er überall von Feinden umgeben ist. Damit er die Gelegenheit erhält, sich als Held aufzuspielen.*

Aber wie war er an das Virus gelangt? Eine Waffe von

dieser Gefährlichkeit lag nicht irgendwo herum, für jeden sichtbar und greifbar.

Eine schreckliche Erkenntnis keimte in Lejure Makaam auf. *Es ist einer von uns*, überlegte sie. *Es kann nur einer von uns sein. Es ist kein Angriff von außen, sondern von innen*.

Am 25. Juli eskalierte die Situation. Die Hälfte der Wissenschaftler und Mediker war der Seuche bereits zum Opfer gefallen. Darius Fynn setzte jede verfügbare QC-Technologie gegen seine eigenen Leute ein, aber er hatte es mit einem Heer von Spezialisten zu tun, die sich sehr gut damit auskannten.

Überall im ausgehöhlten Mond fanden sich Gruppen zusammen, die gemeinsam gegen »den Feind« vorgehen wollten. Ihnen selbst kam ihr Verhalten vollkommen rational vor. Sie wollten einfach nur überleben und jeden eliminieren, der sie daran zu hindern versuchte. In Quinto-Center herrschte die Anarchie, und offene Gewalt brach aus.

Als etwa fünfhundert Verzweifelte die Hangars stürmen wollten, kam es zu Ausschreitungen mit tödlichem Ende. Darius Fynn hatte nicht mehr genug Kampfroboter zur Verfügung, da die meisten zu Medorobotern umprogrammiert worden waren. Außerdem war ihnen die Anwendung tödlicher Gewalt untersagt, wodurch die Spezialisten leichtes Spiel hatten und sie restlos zerstören konnten. Danach gingen die Verzweifelten aufeinander los, weil sich jeder als Erster mit einem Rettungsboot in die vermeintliche Sicherheit bringen wollte.

Immer mehr beteiligten sich an den Kämpfen. Dann fauchte ein Strahlschuss, gefolgt von einem Todesschrei. Der erste Spezialist war von einem Kameraden erschossen worden. Einige Sekunden lang herrschte lähmendes Entsetzen. Dann fielen alle Hemmungen, und die blutige Schlacht begann.

Schließlich flutete Darius Fynn die Sektion mit einem schnell wirkenden Betäubungsgas. Er wusste jedoch, dass er dem Chaos damit nur vorläufig Einhalt geboten hatte.

Roi Dantons Stellvertreter hatte sich im Zentralbunker verschanzt und hielt nur noch über Interkom Kontakt zur Außenwelt. Die 400-Meter-Kugel konnte lediglich über Identifizierungsschleusen betreten werden, die mehrfach gesichert waren. Das Problem war jedoch, dass auch die komplette Führungsmannschaft infiziert war. Daher hatte Fynn eine weitere Sicherheitsschaltung eingebaut, die die MAJESTÄT zur Selbstzerstörung der Station veranlassen würde, sobald er Quinto-Center nicht mehr unter Kontrolle haben würde.

Während sich die Situation in den Hangars einigermaßen beruhigt hatte, brannte es gleichzeitig an mehreren anderen Stellen.

Als Lejure ihren Freund Lorry Quay nicht in seinem Quartier vorfand, befürchtete sie das Schlimmste. Entweder lag er auf der Krankenstation, oder er beteiligte sich an den wahnsinnigen Verzweiflungsaktionen.

Die Rubinerin machte sich sofort auf die Suche nach dem Kadetten. Schließlich hörte sie über eine offene Interkomverbindung, wie Darius Fynn versuchte, jemanden zur Aufgabe zu überreden.

Im nächsten Moment bewahrheiteten sich ihre schlimmsten Befürchtungen, als sie Lorrys hassverzerrte Stimme vernahm.

»Hör auf, uns voll zu quatschen!«, schrie der Scü. »Wir reden nicht mit Verrätern! Ende der Kommunikation!«

Über ein noch funktionierendes Terminal fand Lejure heraus, dass Lorry und zwanzig weitere Kadetten sich in einer Funkzentrale zwei Decks unter ihr verbarrikadiert hatten und versuchten, mit der Außenwelt in Verbindung zu treten.

Die QuinTech hastete los und traf auf einen loyalen Wachtrupp, der sich auf die Erstürmung der Funkzentrale vorbereitete. »Lasst mich mit Lorry reden, er ist mein Freund!«, rief sie und stellte sich vor das offene Schott. Sie wusste, dass in diesem Augenblick mindestens ein Dutzend Waffen auf sie gerichtet wurden, und hoffte, dass die Eingeschlossenen abwarten würden, was sie zu sagen hatte.

»Lorry! Kannst du mich hören?«

»Lejure?«, erklang Lorrys verwunderte Stimme. »Was machst du hier? Komm rein, schnell!«

Lejure kam der Aufforderung nach und war den Tränen nah, als Lorry sie umarmte, genauso wie früher, liebevoll und heftig zugleich, und mit dem Schnabel über ihre Wange strich.

»Jetzt wird alles wieder gut!«, keuchte Lorry. »Wir werden Hilfe rufen, und bald ist alles nur noch ein böser Traum …«

»Lorry, das kannst du nicht tun!«, sagte Lejure besorgt.

»Denk daran, was ich dir gesagt habe! Wen wollt ihr anrufen? Und auf welchem Kanal?«

»Wir senden ein Notsignal«, hörte sie eine Stimme aus dem Hintergrund. »Ganz einfach.«

»Seid ihr wahnsinnig?«, flüsterte Lejure entsetzt. »Das kann nicht euer Ernst sein! Könnt ihr euch vorstellen, was hier los ist, wenn das Signal abgefangen wird? Wenn die ersten Raumschiffe eintreffen und euch ahnungslos an Bord nehmen … Das könnt ihr nicht tun!«

Lorry klapperte mit dem Schnabel. »Lejure, ich dachte, du hättest es endlich verstanden. Aber du bist nicht besser als die anderen. Ich … ich habe dich geliebt, Lejure. Aber wenn du nicht sofort verschwindest, vergesse ich, dass ich dich einmal gekannt habe.« In seiner Stimme lag ein Unterton, der keinen Zweifel offen ließ, dass er es ernst meinte.

Er schubste Lejure von sich und hob seine Waffe.

»Du zielst … auf mich?«, stieß Lejure ungläubig hervor.

Sie sah, wie seine Hände zitterten. Erst jetzt bemerkte sie, in welch furchtbarem Zustand er war. Er hatte fast alle Federn verloren, aus den großen Hautporen sickerte Blut, und sein Atem ging pfeifend.

»Lorry, geh auf die Krankenstation«, flehte sie ihn an. »Du schaffst es nicht mehr.«

»Ich will nur, dass mein letzter Wunsch erfüllt wird«, erwiderte er.

In diesem Moment wurde die Wachzentrale gestürmt.

Lejure warf sich zu Boden, als rings um sie das Feuer eröffnet wurde. Aus dem Augenwinkel sah sie, wie Lorry einen Streifschuss erlitt und stürzte. Aber er gab nicht auf, sondern kroch mühsam, eine Blutspur hinter sich herziehend, auf das Steuerpult zu, um das Notsignal zu aktivieren. Sonst war niemand in der Nähe. Alle anderen waren in die Kämpfe verwickelt – oder bereits tot.

Die Rubinerin kroch dem Scü nach, versuchte seine Beine zu packen, aber er war ihr mindestens einen halben Meter voraus. Dann stürzte jemand über sie, ein Kombistrahler traf ihren Kopf, bevor er zu Boden polterte. Lejure sah Sterne vor den Augen. Mühsam richtete sie sich wieder auf und schüttelte den toten Körper ab.

»Lorry, hör auf«, bat sie ein letztes Mal. Inzwischen hatte er die Konsole erreicht und stemmte sich daran hoch. Er stützte sich ab und wandte sich ihr zu. In der anderen Hand hielt er die Waffe, die er nun auf seine Freundin richtete.

Lejure kam wankend auf die Beine und hob ebenfalls den Strahler, der neben ihr zu Boden gefallen war.

»Lass den Unsinn«, sagte er. »Du kannst doch gar nicht damit umgehen.«

»Ich weiß«, stieß sie mit einem trockenen Schluchzen hervor. »Lorry, ich liebe dich. Bitte lass es nicht so enden! Du weißt, dass ich es dir nicht erlauben kann.«

»Du wirst nicht auf mich schießen. Dazu bist du gar nicht fähig.«

Lorry lehnte sich gegen die Konsole, hob den rechten Arm und bewegte die Finger auf den Notrufschalter zu.

In diesem Moment schoss Lejure Makaam.

»Lejure!« Eine leise, sanfte Stimme, ein behutsames Rütteln an der Schulter.

Die Rubinerin schlug die Augen auf. »Bin ich tot?«

»Nein«, antwortete Dr. Franklin. »Du befindest dich immer noch in der Hölle.«

Lejure richtete sich auf und strich ihr Fell glatt. »Was ist passiert?«

»Man hat dich hergebracht, nachdem du Lorry Quay erschossen hast. Angeblich hast du wie eine Irre geschrien, bevor du in Ohnmacht gefallen bist. Du hast uns gerettet, Lejure. Es war sehr tapfer, was du getan hast.«

Jetzt fiel Lejure alles wieder ein. Schmerzhaft drängte sich die Erinnerung in ihre Gedanken. Tränen schossen aus ihren Augen, Nasenlöchern und Ohren. Wimmernd sank sie auf die Liege zurück und drehte sich zur Seite. »Aber um welchen Preis?«, stieß sie schluchzend hervor. »Lorry … Lorry … wie konnte ich das nur tun …?«

Bis zu diesem Augenblick hatte sie sich an ihre Arbeit geklammert und so getan, als wäre sie selbst gar nicht von der Seuche betroffen, als wäre sie eine Außenstehende, die geschickt worden war, um allen zu helfen.

Und nun war sie auf das Grausamste in die Wirklichkeit zurückgeholt worden. Sie hatte ihren Geliebten ermordet. Am liebsten würde sie auch sterben. Warum brachte die Seuche sie nicht endlich um?

Sie spürte eine sanfte Bewegung an ihrem Rücken. »Es wird alles gut, Lejure«, sagte Lorana leise. »Du wirst sehen. Roi kommt bald zurück, ich weiß es. Frag mich nicht, warum, aber ich bin mir ganz sicher. Und Zheobitt wird bei ihm sein.«

»Wenn ich nur genauso denken könnte wie du …«

»Die Hoffnung ist alles, was mir noch bleibt«, antwortete Lorana und hustete.

13.

Quinto-Center, 26. Juli bis 2. August 1318 NGZ

Als Zheobitt zu sich kam, fand er sich in einem transparenten Raum eines ihm unbekannten Labors wieder. Kreyfiss freute sich über alle Maßen, dass sein Herr wieder munter war, und hoppelte aufgeregt herum, wobei er ein unablässiges »Kick-kick-kick« ausstieß.

Der Mantar-Heiler erhob sich von der Liege und trat an eine Scheibe, hinter der er Roi Danton erkannte.

»Keine Sorge«, sagte der Oberstleutnant und zeigte sein berüchtigtes Freifahrerlächeln, »dieser Raum ist absolut sauber. Das Labor war von Anfang an versiegelt. Die Einrichtung dürfte recht vollständig sein. Alles Weitere können wir jederzeit aus den sterilen Beständen von Quinto-Center beschaffen.«

»Wie bin ich hier hereingekommen?«, fragte Zheobitt.

»In einem dekontaminierten Schutzanzug. Mit Kreyfiss sind wir genauso vorgegangen. Ihr dürft das Labor auf dieselbe Weise wieder verlassen, sobald die Arbeit getan ist. Solltest du es ohne Schutzanzug versuchen wollen … ist es dein Risiko.«

»Das ist Erpressung! Nötigung, Entführung, Freiheitsberaubung …!«

»Verzweifelte Situationen erfordern verzweifelte Maßnahmen«, erklärte Roi Danton. »Ich habe nur dafür gesorgt, dass du hinreichend motiviert bist, dein Bestes zu geben.«

Nach einer Weile hatte der Ara sich wieder beruhigt. Dann musterte er den Mann auf der anderen Seite. »Ich bin beeindruckt. Ich hätte nicht gedacht, dass du dazu fähig bist.«

»Ich habe dich gewarnt, mich nicht zu unterschätzen«, sagte der Unsterbliche gelassen. »Es gibt noch eine Menge andere Dinge, zu denen ich fähig bin.«

»Nun gut. Dann sollten wir keine Zeit verschwenden. Gib mir alle nötigen Daten und lass mich anfangen.«

Roi Danton war überzeugt, dass Zheobitt jetzt alles tun würde, um ihnen zu helfen. Um auch den letzten Zweifel hinwegzufegen, zeigte er dem Ara auf einem Holo, wie es derzeit in Quinto-Center aussah. Das konnte selbst diesen Egozentriker nicht ungerührt lassen. Er murmelte tatsächlich etwas, das wie »Großer Jukam!« klang, und machte sich an die Arbeit.

»Es tut mir Leid, dass Sie so lange warten mussten. Aber ich konnte Zheobitt überreden, mich nach Quinto-Center zu begleiten. Er arbeitet bereits an der Entwicklung eines Heilmittels. Ich bitte Sie inständig, die Kämpfe einzustellen! Vergessen Sie nicht, wer Sie sind – die auserwählten Spezialisten einer einzigartigen Organisation. Sie alle haben bewiesen, dass Sie jede noch so gefährliche Situation meistern können. Ich vertraue darauf, dass Sie auch dieser schweren Prüfung standhalten werden.

Zheobitt hat bereits mehrfach Großes vollbracht. Mit ihm haben wir die beste Unterstützung bekommen, die wir uns wünschen können. Bitte wirken Sie alle daran mit, diese Krise zu überwinden. Wir haben es mit einem äußerst gefährlichen Feind zu tun, denn er ist lautlos, schnell und schlägt ohne Vorwarnung zu. Dennoch ist er besiegbar. Er ist eine Krankheit. Er ist nicht intelligent und er hat keine politischen Motive. Wir werden ihn aufspüren und vernichten!«

Überall in Quinto-Center lauschten die überlebenden USO-Spezialisten gebannt der Ansprache Roi Dantons. Seine Worte hatten Gewicht, auf ihn hörten sie, auch wenn Darius Fynn zuvor im Grunde nichts anderes gesagt hatte. Aber es gelang ihm, sie wachzurütteln, ihnen Mut zu machen, weil er in ihnen die Hoffnung weckte, dass der legendäre Zheobitt ihnen helfen konnte.

Nach der Rede kehrte wieder Ruhe ein. Die Leute gingen in ihre Quartiere zurück, um erneut zu warten. Möglicherweise hielt die Ruhe nicht lange an, aber zumindest hatte Roi Danton sich und den anderen eine Verschnaufpause verschafft, in der Zheobitt ungestört arbeiten konnte.

Anschließend suchte Roi Dr. Franklin in ihrem Labor auf. Er konnte es kaum erwarten, Lorana wiederzusehen. Ihre Augen leuchteten, als sie ihn kommen sah, und diesmal hatte sie keine Hemmungen, ihn zu umarmen. »Ich bin so froh, dass du gekommen bist!«

»Du bist krank«, sagte Roi leise.

»Das war unausweichlich, nicht wahr? Aber noch bin ich am Leben, und ich gedenke es auch zu bleiben, bis wir ein Gegenmittel haben. Schließlich … will ich noch etwas von dir haben, Roi. Es soll keine kurze Episode gewesen sein.«

»Das will ich auch. Aber du solltest trotzdem kürzer treten, Lorana.«

»Auf keinen Fall!«, widersprach sie heftig. »Ich werde Zheobitt assistieren, schließlich war ich von Anfang an dabei. Glaubst du wirklich, dass ich jetzt einfach aufgeben könnte?«

Das verstand er sehr gut. Dennoch war er besorgt.

Aber Lorana war voller Elan und Zuversicht, und sie stürzte sich zusammen mit Zheobitt in die Arbeit.

Roi Danton kümmerte sich wieder darum, dass die Maßnahmen zum Schutz der Station durchgesetzt wurden, dass weiterhin alle wichtigen Sektionen gesperrt waren, dass die Quartiere der Besatzung überwacht wurden, um sofort medizinische Hilfe leisten zu können.

Das Sterben ging weiter.

Schließlich rappelte sich Lejure Makaam wieder auf. Lorry Quays Tod sollte nicht umsonst gewesen sein. Sie musste ihrem Leben einen Sinn geben, zumal sich die Krankheit offenbar hartnäckig weigerte, sie zu töten. Die QuinTech suchte Roi Danton auf und bat ihn um eine Unterredung mit Zheobitt, die umgehend arrangiert wurde.

Sie trafen sich vor dem hermetisch abgeriegelten Labor im Zentralbunker – Lejure, Lorana und Roi auf der einen Seite der Glasscheibe, Zheobitt auf der anderen. »Danke für das Vertrauen«, sagte die Rubinerin zum Unsterblichen.

»Wenn ich Ihnen nicht vertrauen könnte, wem dann?«,

gab er zurück. »Bisher haben wir alle entscheidenden Hinweise Ihnen zu verdanken, Lejure.«

Sie wandte sich an den Mediker. »Ich möchte noch einmal mein Blut zur Verfügung stellen. Ich gehöre zwar zu den Infizierten, aber bisher macht sich die Krankheit bei mir überhaupt nicht bemerkbar, obwohl sich meine Werte zeitweise ziemlich verschlechtert haben. Möglicherweise gehöre ich nun zu den Geheilten, weil mein Abwehrsystem inzwischen in der Lage ist, das Virus zu hemmen oder völlig unschädlich zu machen. Eine Analyse meiner Antikörper könnte den Ansatz liefern, um ein Gegenmittel zu entwickeln.«

»Diese Möglichkeit sollten wir tatsächlich nutzen«, stimmte der Mantar-Heiler zu. »Sie könnte uns einen entscheidenden Schritt weiterbringen.«

Ein Hoffnungsschimmer trat in Roi Dantons Augen. Auch Lorana fühlte sich angespornt. »Ich stelle mich als erstes Versuchskaninchen zur Verfügung«, bot sie sich an.

Zheobitt brauchte etwa sechsunddreißig Stunden, bis er mit dem Ergebnis zufrieden war. Wenn Lejures Blut tatsächlich den Schlüssel zur Heilung enthielt, blieb die Frage, ob ihre Antikörper auch bei Humanoiden und anderen Spezies wirkten.

Nachdem die Labortests abgeschlossen waren, wurde Lorana Franklin das Mittel injiziert. Roi war in diesem Moment dabei und hielt ihre Hand, doch es war gar nicht nötig, sie aufzumuntern, da sie dem Verlauf des Experiments mit hoffnungsvoller Zuversicht entgegenfieberte. »Ab jetzt kann es nur noch aufwärts gehen!«, sagte sie und blickte Roi in die Augen.

Ein Anruf ging ein. Darius Fynn bat Roi Danton wegen

eines dringenden Problems zu sich in die Zentrale. »Ich muss sofort mit Ihnen sprechen, Sir – allein.«

»Ihr entschuldigt mich«, sagte der Oberstleutnant und machte sich unverzüglich auf den Weg. Darius Fynn neigte gewöhnlich nicht zur Übertreibung.

Der Leutnant empfing seinen Vorgesetzten mit einem Holo, das unverkennbar die ZENTRIFUGE II zeigte. »Sie ist Ihnen heimlich gefolgt, Sir.«

Fassungslos starrte der Aktivatorträger auf die Darstellung, dann warf er einen Blick auf die Positionsdaten des Schiffes. Es kreuzte im Leerraum, aber es war nur noch eine halbe Million Kilometer von Quinto-Center entfernt. »Wie ist das möglich …?«

»Keine Ahnung, Sir«, erwiderte Darius Fynn. »Möglicherweise durch einen Peilsender, den man Ihnen an Bord geschmuggelt hat. Unsere Abschirmung ist zum Glück ausreichend, aber ich werde die Space-Jet auf den Kopf stellen, um es herauszufinden.«

»Verzetteln Sie sich nicht damit, Darius«, sagte Roi. »Wir haben andere Sorgen. Es ist irrelevant, wie sie uns gefunden haben. Wir müssen uns mit der Tatsache auseinander setzen, dass sie hier sind. Sie müssen so schnell wie möglich wieder verschwinden, bevor jemand auf uns aufmerksam wird.«

»Was schlagen Sie vor?«

»Ich werde mit Zheobitt reden.«

Darius Fynn nieste.

»Gesundheit«, sagte Roi. »Sie kommen sofort mit und spielen Versuchskaninchen.«

»Wie bitte, Sir?« Der Berater war so humorlos wie immer.

»Ganz recht. Zheobitt hat möglicherweise ein Gegenmittel, und das werden wir an Ihnen testen, bevor es Sie richtig erwischt.«

Fynn gehorchte widerstrebend.

Zheobitt hingegen lachte nur, als Roi Danton ihn aufforderte, Kontakt mit seiner Mannschaft aufzunehmen und die ZENTRIFUGE fortzuschicken.

»Mit Verlaub, mein Freund, das ist allein dein Problem. Du hast dich als Profi gebrüstet, also sollte dir ein solcher Fehler eigentlich nicht unterlaufen. Ich bin mit meiner Arbeit beschäftigt und habe keine Zeit, mich um solche Lappalien zu kümmern. Außerdem bin ich ein Gefangener. Mir ist es völlig gleichgültig, ob der Mond entdeckt wird oder nicht.« Damit hielt er die Unterredung für beendet und wandte sich wieder seiner Tätigkeit zu.

»Na schön, mon ami«, brummte Roi Danton, »dann kümmere ich mich persönlich um dein Schiff. Und du denkst daran, dass du erst freikommst, wenn sich das Gegenmittel als wirksam erweist.«

»Keine Sorge. Ich will so schnell wie möglich weg von hier«, ließ sich der Medikus zu einer Antwort herab.

Roi Danton nickte. »Gut. Falls mich jemand sucht, ich bin in meinem Büro.«

Während der Unsterbliche nach Möglichkeiten suchte, die ZENTRIFUGE II loszuwerden, kam die erlösende Nachricht: Der Zellverfall wurde tatsächlich verlangsamt. Es wurden bereits weitere Injektionen an alle

Krankenstationen verteilt, und zaghafte Hoffnung machte sich breit.

Roi Danton wünschte sich inständig, dass es der ersehnte Durchbruch war. Er konnte das fortwährende Sterben nicht mehr ertragen, zumal ihm die Hände gebunden waren und er alles den Medikern überlassen musste.

Ein neuer Anruf riss ihn aus seinen Gedanken. »Sir«, meldete sich Lejure Makaam von einem Kommunikationsanschluss innerhalb des Bunkers. »Dürfte ich Sie kurz in Ihrem Büro sprechen?«

Roi nickte. »Natürlich. Jederzeit.«

Die Rubinerin traf kurz darauf ein. Offensichtlich fiel es ihr nicht leicht, über das zu sprechen, was sie auf dem Herzen hatte. »Wahrscheinlich halten Sie mich für paranoid, Sir, aber es gibt da ein paar Dinge, die mir nicht mehr aus dem Kopf gehen.« Sie legte einen Datenwürfel auf den Arbeitstisch. »Wenn Sie sich das bitte anschauen würden … Ich warte so lange. Sie haben dazu bestimmt eine Menge Fragen.«

Roi Danton runzelte die Stirn. Was bezweckte sie mit diesen orakelhaften Andeutungen?

Doch als er Lejures Bericht durchging, wurde ihm sehr schnell einiges klar.

Die QuinTech beobachtete ihn unsicher und nervös.

Schließlich sah der Aktivatorträger auf. »Und Sie sind sich ganz sicher?«

»Meine Schlussfolgerungen erscheinen mir zumindest logisch und zwingend. Ich muss nur noch Beweise finden. Wenn Sie erlauben, werde ich diskret weitere Recherchen durchführen.«

»Ich hoffe, Sie sind sich darüber im Klaren, wie unglaublich Ihre Vermutungen sind«, sagte Roi Danton sehr ernst.

»Selbstverständlich, Sir. Ich würde mir wünschen, dass ich mich irre. Aber genau deshalb will ich die Wahrheit herausfinden. Außerdem *muss* ich etwas tun, sonst drehe ich ebenfalls durch. Nur deshalb vertraue ich mich Ihnen an.«

»Na gut«, gab Roi schließlich nach. »Aber wecken Sie keine schlafenden Hunde! Es könnte sehr gefährlich für Sie werden, wenn Sie tatsächlich Recht haben.« Er öffnete eine Schublade und kramte eine Weile darin herum, bis er Lejure ein Multifunktionsarmband über den Tisch reichte. »Der Funkkanal ist auf eine Frequenz eingestellt, die nur uns beiden bekannt ist. Sollte sich etwas ergeben, schicken Sie mir ein kurzes Signal. Damit können Sie mich überall erreichen, auch außerhalb von Quinto-Center.«

»Außerhalb?«, fragte Lejure verwundert.

»Ich muss möglicherweise noch einmal kurz nach draußen. Aber ich werde bald wieder zurück sein. Machen Sie sich darüber keine Gedanken.«

»Ja, Sir.« Lejure verließ das Zimmer.

Roi Danton hoffte, dass die ZENTRIFUGE II die Suche bald aufgeben und verschwinden würde, aber es sah nicht danach aus. Er musste etwas unternehmen. Doch zuvor brauchte er ein paar Stunden Schlaf. Er konnte sich gar nicht mehr erinnern, wann er zuletzt die Augen zugemacht hatte. Und etwas zu essen. Der Zellaktivator machte vieles möglich, aber nicht alles.

»Sir!«

Roi fuhr erschrocken hoch, als er eine Berührung an der Schulter spürte. »Was gibt es?« Für einen Moment war er völlig desorientiert. Er hatte etwas gegessen und war anschließend in sein Büro zurückgekehrt. Dabei musste er eingenickt sein. Wie lange hatte er geschlafen? Ein Blick auf die Uhr verriet ihm, dass es fünf Stunden waren.

»Sie sollten lieber mitkommen, Sir«, sagte Lejure. Ihre großen dunklen Augen waren feucht, ihre Tasthaare an der Schnauzenspitze zitterten. »Sofort.«

Mehr musste sie ihm nicht erklären. Offenbar war es jetzt so weit. Kurz vor dem Durchbruch war das Ende gekommen.

Roi Danton hastete zum Labor. Man hatte Dr. Lorana Franklin von allen Maschinen befreit und in ein kleines, in freundlichen Farben gestaltetes Zimmer gebracht. Sie lächelte, als sie ihn erkannte. Ihre Augen waren blutunterlaufen, ihre bleiche Haut wie Pergament.

»Hallo, Roi«, sagte sie leise. »Ich fürchte, jetzt kann ich doch nicht mehr warten. Wie schade …«

»*Nihil est ab omni, parte beatum*«, sagte er mit brüchiger Stimme. »Es gibt kein vollkommenes Glück, schrieb der Dichter Horaz vor sehr langer Zeit. Ich finde, er hat sich geirrt. Es ist möglich, für wenige Augenblicke, Minuten oder auch nur Sekunden.«

»Etwas Ähnliches hast du schon einmal gesagt. Selbst Minuten können wie ein Leben sein. So war es für mich, wenn ich mit dir zusammen war.«

»Ich hatte so sehr gehofft, dass …«

Sie legte ihren Zeigefinger auf seine Lippen, um ihn

zum Schweigen zu bringen. Der Finger war kalt, erschreckend kalt. »Lass mich dich nur spüren.«

Roi nahm ihre Hand, versuchte sie zu wärmen, drückte Loranas abgemagerten Körper mit der anderen Hand fest an sich und streichelte sie.

»Hältst du mich?« Ihre Stimme war nur noch ein kraftloses Flüstern.

»Ich halte dich, solange du mich brauchst.«

Sie seufzte und lehnte ihren Kopf an seine Schulter. »Dein Herzschlag ist so unerschütterlich und stark, so beruhigend«, hauchte sie. Ihre Stimme war kaum mehr als das Rascheln eines Blattes im Wind.

Er hielt sie fest in seinen Armen, auch noch lange danach, als ihr Atem bereits versiegt war.

»Roi Danton!«

Der Unsterbliche wurde aus seinen Gedanken gerissen und blickte auf. Vor ihm im Korridor, der von der Medostation wegführte, stand Zheobitt. Hinter ihm schwebten zwei Medorobots. Roi musste nicht lange überlegen, wie der Ara an den Schutzanzug gekommen war. Die Roboter – er hatte es ihnen einfach befohlen.

»Das Mittel brachte nur kurzzeitigen Erfolg«, sagte der Ara. »Bei den Erkrankten mit frühen Symptomen wirkt es länger. Aber die anderen sterben trotzdem. Inzwischen ist es mir gelungen, das Virus aus Loranas Blut zu isolieren beziehungsweise eines von vielen Varianten. Es mutiert rasend schnell. Aber ich habe trotzdem eine Versuchsreihe gestartet, um herauszufinden, wie ich es auslöschen kann.«

»Sehr gut. Du wirst deinem Ruf wieder einmal mehr als gerecht.«

»Keine voreiligen Schlüsse, bitte. Selbst mit dieser Isolation bin ich keinen Schritt weitergekommen, solange ich es nicht identifizieren kann. Mit deiner Erlaubnis werde ich mich gleichzeitig um die Forschung und um die Medostationen kümmern. Jemand muss die Leitung übernehmen. Die noch lebenden Mediker sind mutlos und lethargisch. So kann es nicht weitergehen.«

»Du hast freie Hand, Zheobitt«, sagte der Unsterbliche geistesabwesend.

»Roi, du solltest jetzt an die Lebenden denken.«

»Ich kann diese Frau nicht einfach so …«

Der Ara seufzte in fast menschlicher Regung. Selbst an ihm ging das Drama nicht mehr spurlos vorbei. »Ich habe es mir gedacht und bereits alles veranlasst, weil Lejure keine Ruhe gegeben hat. Sie wird an der Zeremonie teilnehmen. Aber fasst euch kurz, wir haben noch viel zu tun.«

Roi Danton hörte, wie hinter ihm die Tür zur Medostation aufglitt. Er drehte sich um und sah, wie zwei Roboter, die Loranas Leichnam in ein glänzendes schwarzes Tuch gehüllt und auf eine Antigravbahre gelegt hatten, in den Korridor schwebten. Er trat zur Seite, um den Trauerzug vorbeizulassen, dann folgte er Lorana.

Anschließend kehrte Roi Danton in sein Arbeitszimmer zurück und nahm erneut das Problem ZENTRIFUGE in Angriff. Es half ihm, sich von seinem Kummer abzulenken. Dann erinnerte er sich an Lejure Makaam, der es ähnlich wie ihm ging. Er rief sie über den geheimen Funkkanal an.

»Ich mache mich jetzt auf den Weg, Lejure«, erklärte er ihr. »Während ich fort bin, sollten Sie sich unbedingt ruhig verhalten. Machen Sie keine Dummheiten, gehen Sie kein unnötiges Risiko ein. Sie sind … meine letzte Verbindung zu Lorana, und ich möchte Sie nicht auch noch verlieren.«

»Keine Sorge, Sir. Es ist bestimmt gut, wenn Sie sich Abwechslung verschaffen und neue Kräfte schöpfen. Zheobitt macht seine Sache sehr gut, wie ich finde. Er ist ein arrogantes Wüstenschwein, aber was er angefangen hat, führt er konsequent zu Ende. Und er hat es tatsächlich geschafft, die Mediker noch einmal zu motivieren.« Lejure hob grüßend die Hand zum Abschied.

Es war in der Tat erstaunlich, was Zheobitt leistete. Nun zeigte sich, dass er doch keine seelenlose Maschine war. Vielleicht lag es auch daran, dass in Quinto-Center inzwischen geisterhafte Ruhe herrschte. Die Zahl der Opfer war auf knapp einhunderttausend gestiegen, eine unglaubliche Zahl, ein Viertel sämtlicher USO-Angehörigen. Die Wachroboter bekamen eine neue Aufgabe – die Toten mussten wenigstens einigermaßen würdevoll zu den Konvertern gebracht werden.

Angesichts dieses Massensterbens hatten die Überlebenden eingesehen, dass eine Flucht nicht mehr möglich war. Sie konnten nur noch warten.

Die Stufe der Resignation war erreicht …

… das letzte Stadium vor dem Tod.

Aber darüber durfte Roi Danton jetzt nicht nachdenken. Er musste sich auf das aktuelle Problem konzentrieren, das Quinto-Center von außen bedrohte, bevor eine zweite Katastrophe geschah.

Da die ZENTRIFUGE II mit LFT-Mitteln gebaut worden war, besaß die USO natürlich ein umfangreiches Dossier über das Schiff. Mithilfe von MAJESTÄT hatte Roi Danton einen Plan ausgearbeitet, der einige Aussicht auf Erfolg hatte.

Am 2. August um 23.58 Uhr startete Roi Danton mit einer Mikro-Space-Jet und nahm Kurs auf die nichts ahnende Besatzung der ZENTRIFUGE II.

14.

Quinto-Center, 3. August 1318 NGZ

Die Mikro-Space-Jet war auf dem neuesten technischen Stand und zusätzlich auf USO-Bedürfnisse zugeschnitten. Die Besatzung der ZENTRIFUGE II war nicht militärisch geschult, und Zheobitt steckte sein ganzes Geld in wissenschaftliche Einrichtungen, nicht in Offensiv- oder Defensivbewaffnungen. Es würde ohnehin niemand wagen, das Schiff anzugreifen, da man nie wusste, ob man nicht eines Tages selbst auf die Hilfe des großen Medikers angewiesen war. Auch für Piraten war die Sache eine Nummer zu groß, weil sie wussten, dass ihnen nach einem Überfall die halbe Milchstraße auf den Fersen sein würde.

Roi Danton hatte keine Befürchtung, vorzeitig entdeckt zu werden. Die Jet war winzig und verfügte über einen guten Antiortungsschutz. Unbemerkt dockte Roi an einer Schleuse der Halbkugel an, zwängte sich in einen Schutzanzug und schloss den Helm. Dann aktivierte er einen Kodegeber, den er mehrmals modifizieren musste, bis die Schleuse sich endlich öffnete.

Aber es gab ein internes Überwachungssystem, das plötzlich Alarm auslöste – wodurch sich der Unsterbliche jedoch nicht irritieren ließ. Es würde eine Weile dauern, bis jemand nachschaute, was an der Schleuse vorgefallen war. Die Besatzungsstärke war gering, und die Wissenschaftler würden sich nicht um Dinge kümmern, die außerhalb ihres Arbeitsbereiches lagen.

Im Schutz eines Deflektorfeldes flog er mit aktiviertem Antigrav auf dem kürzesten Weg zur Luftaufbereitungsanlage. Dort änderte er die Zusammensetzung des Gasgemisches, erhöhte die Durchlaufgeschwindigkeit und gab ein schnell wirkendes Betäubungsmittel hinzu. Es verteilte sich innerhalb kürzester Zeit im gesamten Schiff.

Obwohl nach wenigen Minuten die gesamte Mannschaft in seligem Schlummer liegen musste, ließ er den Deflektor aktiviert, als er zur Zentrale flog. Wie erwartet hingen der Kommandant und seine Besatzung in den Sesseln und schnarchten. Der Unsterbliche hatte keine Probleme mit dem Zentralcomputer, da es sich um ein terranisches Modell handelte. Nach kurzer Zeit hatte er alle relevanten und brisanten Daten gelöscht, die den Flug zur Position von Quinto-Center betrafen.

Den Logbüchern war zu entnehmen, dass die Mannschaft keine Ahnung hatte, von wem Zheobitt entführt worden war. Der Kommandant hatte die Geistesgegenwart besessen, sofort misstrauisch zu werden, als sie auf Ammh Riconah II aufgefordert worden waren, das Schiff noch einmal zu verlassen. Und ihm war aufgefallen, dass sich nur ein zweites fremdes Händlerschiff auf dem Raumhafen befand, worauf der Kommandant, wie Darius Fynn vermutet hatte, nach Zheobitts Verschwinden unbemerkt einen Sender daran befestigt hatte. Sein Verdacht hatte sich bestätigt, als das fremde Schiff plötzlich gestartet war – aller Wahrscheinlichkeit nach mit dem Meister an Bord. Mit großem Sicherheitsabstand waren sie dem Entführer gefolgt, hatten aber bald die Spur verloren.

Roi Danton gab in die Datenspeicher und Logbücher ein, dass Zheobitt die ZENTRIFUGE beauftragt hatte, an einem Rendezvouspunkt auf ihn zu warten. Außerdem hinterließ er einen Datenwürfel für den Kommandanten, der eine gefälschte Aufnahme zeigte, in der der Ara erklärte, dass alles in Ordnung war und er seinen Geheimauftrag in Kürze abgeschlossen hatte. Nach seiner Rückkehr würde er alles erklären. Bis dahin sollte sich die Mannschaft gedulden.

Roi konnte zwar alle syntronisch gespeicherten Daten manipulieren, nicht aber das Gedächtnis der Besatzung.

Dann programmierte er einen neuen Kurs ein, der sich anschließend selbst aus den Speichern löschen sollte, um nicht zurückverfolgt werden zu können. In wenigen Stunden, wenn die Besatzung erwachte, hätte sich das Schiff weit genug von Quinto-Center entfernt. Zheobitts Mitarbeiter wären zweifellos verdutzt und verärgert und würden rätseln, was mit ihnen geschehen war. Doch letztendlich konnten sie nur abwarten, bis der Medikus zurückkehrte.

Als Letztes sendete Roi Danton den Inhalt des medizinischen Speichers an das Zentrallabor von Quinto-Center. Darüber wäre Zheobitt vermutlich sehr erbost, aber vielleicht konnte er die Daten sogar für seine Forschungsarbeit nutzen. Roi würde sie vor seinen Augen wieder löschen, wenn sie nicht mehr gebraucht wurden.

Zufrieden kehrte der USO-Chef zu seiner Mikro-Space-Jet zurück. Nicht weit von der Schleuse stieß er auf einen bewaffneten Schlafenden, der offenbar dem

Alarmsignal gefolgt war. Roi trug den Mann zurück in die Zentrale und vergewisserte sich noch einmal, dass er keine Spuren hinterlassen hatte.

Auf dem Rückweg nach Quinto-Center beobachtete er zufrieden, wie die ZENTRIFUGE II beschleunigte und im Hyperraum verschwand. Ein Problem weniger.

Lejure durchsuchte ein Quartier nach dem anderen. Rois Ermahnung, nichts zu unternehmen, bis er zurück war, hatte sie natürlich in den Wind geschlagen. Die Gelegenheit war günstig wie nie. Von der Besatzung des Zentralbunkers lebte nur noch die Hälfte, was die Zahl der in Frage kommenden Unterkünfte deutlich reduzierte. Außerdem klammerte Lejure all jene Quartiere aus, deren Bewohner bereits auf der Krankenstation lagen. Die anderen waren zu beschäftigt, um auf eine neugierige Rubinerin zu achten.

Es war nicht weiter schwierig, in die Quartiere hineinzukommen, denn Roi Danton hatte veranlasst, dass sich alle Automatiktüren umgehend mit einem Notfallkode öffnen ließen, um bewegungsunfähigen Erkrankten helfen zu können. Die Mitarbeiter des Zentrallabors hatten jederzeit Zugriff auf den Kode, damit keine Zeit verloren ging. Schon wenige Minuten konnten darüber entscheiden, ob sich der tödliche Verlauf wenigstens für einige Zeit aufhalten ließ.

Irgendwo musste es einen Hinweis geben, der Lejures Vermutungen bestätigte. Sie war mittlerweile fest davon überzeugt, dass sie Recht hatte. Vielleicht war der Massenmord nicht in diesem Ausmaß geplant gewesen, aber es handelte sich zweifellos um einen Anschlag.

Zwischendurch kehrte Lejure immer wieder ins Labor zurück, um zu hören, ob es Neuigkeiten gab. Zheobitt war es inzwischen gelungen, eine weitere Variante des Virus zu isolieren. Nachdem er wusste, wonach er suchen musste, ging es etwas schneller voran. Trotzdem waren zahlreiche Testreihen nötig, um die biochemischen Eigenschaften des Erregers zu ermitteln. Der Medikus konnte nicht auf Erfahrungswerte zurückgreifen, da ihm dieses Virus völlig unbekannt war.

Ebenso unergiebig waren die Daten von der ZENTRIFUGE, die er plötzlich von seinem Terminal aus einer umfangreichen verschlüsselten Archivdatei namens »ZHEOBITTS_GEHEIMNIS« aufrufen konnte. Nachdem Zheobitt die Überraschung verdaut hatte, tobte er und drohte mit grausamer Rache. Zumindest wollte er ein ernstes Wort mit dem Unsterblichen reden, dem offenbar nichts heilig war.

Lejure war traurig, dass Dr. Lorana Franklin den ersten Durchbruch nicht mehr miterleben durfte. Zheobitts Ergebnisse gründeten sich auf ihre großartige Vorarbeit. Auch um Kammoss tat es der Rubinerin Leid. Der Ara hatte sich bis zuletzt an seine Arbeit geklammert und war buchstäblich mittendrin zusammengebrochen. Wie ihm war es Tausenden anderen ergangen.

Umso wichtiger war es, endlich den Attentäter zu finden. Er musste zur Rechenschaft gezogen werden – und Lejure wollte sein Motiv wissen.

Mit diesen Überlegungen öffnete Lejure ein weiteres Quartier. Der Hauptraum sah auf den ersten Blick ganz normal aus. Lejure ging hindurch und betrat den angrenzenden kleineren Nebenraum. Als sich automatisch die Tür öffnete und das Licht einschaltete, blieb sie wie vom Blitz getroffen stehen.

Sie hatte gefunden, wonach sie suchte.

Roi Danton zuckte zusammen, als er das Notsignal empfing. Sofort überfielen ihn düstere Vorahnungen. Er aktivierte das Funkgerät und sah Lejures aufgeregt zuckende Schnauze im projizierten Holo.

»Es ist alles wahr, Sir!«, rief sie aufgeregt. »Schauen Sie sich das an!« Sie hielt das Armband hoch und bewegte es im Kreis. Roi sah einen Raum voller Bilder mit seinem Konterfei und massenweise Gegenstände aus der Epoche des Rokoko – Kostüme, Perücken, Degen, Pistolen, Miniatur-Möbel und »Souvenirs« aus Roi Dantons frühesten Freihändlertagen, die auch heute noch auf Auktionen feilgeboten wurden, obwohl sie natürlich allesamt gefälscht waren.

»Es ist wie ein Reliquienschrein, finden Sie nicht auch?« Lejures schockiert geweitete Augen starrten ihn wieder aus dem Holo an. »Das macht es noch schrecklicher, als ich es mir vorgestellt habe! Er ist ein Fan von Ihnen, genau wie ich, er verehrt Sie zutiefst, aber auf eine krankhafte Weise, fanatisch, radikal! Ich habe Aufzeichnungen gefunden, in denen es heißt, dass er von Rubin stammt. Er lebte in unserer Hauptstadt und war seit frühester Jugend Mitglied des größten Vereins, der alljährlich zu Ihrem Ehrentag ein Roi-Danton-Fest veranstaltet. Dann laufen alle, auch wir Rubiner, wie Stutzer herum – dagegen ist mein Dreispitz harmlos – und veranstalten Degen-Wettkämpfe, führen Szenen aus Ihrem Leben auf …«

Lejure musste sich unterbrechen, um nach Luft zu schnappen, bevor sie wieder von ihrem Redeschwall mitgerissen wurde. »Verstehen Sie, Sir, er hat alles gefälscht, sein ganzes Leben, und alles getan, um in Ihre Nähe zu kommen! Er hat Sie manipuliert, genau dorthin getrieben, wo er Sie haben wollte, losgelöst von allen Verbindungen zu Ihrem Vater. Er wollte die Sache bereinigen, wie er schreibt, und Sie dazu zwingen, die Initiative zu ergreifen. Die Überlebenden hätten nur noch für Sie arbeiten und Ihnen hörig sein sollen. Das wäre der Startschuss zur Eroberung der Galaxis gewesen! Sie hätten zeigen sollen, dass Sie sehr viel mehr Qualitäten haben als Ihr Vater, dass es an der Zeit ist, ihn abzulösen! So etwas schreibt dieser Kerl! Er ist völlig wahnsinnig!«

»Lejure, verschwinden Sie sofort aus diesem Quartier!«, rief Roi. »Bringen Sie sich bei Zheobitt in Sicherheit! Ich bin gleich bei Ihnen!«

»Hallo?«, rief Lejure, während ihr Bild plötzlich flimmerte und undeutlich wurde. »Da ist eine Störung, hören Sie mich? Sir, ich muss Ihnen noch sagen, es ist …«

In diesem Moment brach die Verbindung ab.

Roi Danton fluchte. Er brauchte noch mindestens eine Viertelstunde, bis er in einem Hangar von Quinto-Center gelandet war, und dann noch ein paar Minuten, bis er den Zentralbunker erreicht hatte.

Lejure Makaam knickte stöhnend ein, Schmerz schoss wie ein glühender Pfeil durch ihren Körper und konzentrierte sich auf eine tiefe Wunde an ihrer Seite, aus der dunkles Blut hervorquoll. Nur wenige Millimeter daneben befand sich die Schlagader.

Sie drehte sich um, ihr wurde schwindlig und übel, aber sie zwang sich, aufrecht stehen zu bleiben. »Er wird es erfahren«, sagte sie verzweifelt. »Es nützt Ihnen gar nichts, mich zu töten!«

»Er soll es sogar erfahren«, erwiderte Darius Fynn gelassen. Seelenruhig, als hätte er alle Zeit der Welt, legte er ein Kostüm an, wie es der Freihändlerkönig einst getragen hatte: Perücke, Dreispitz, Gehrock, Rüschenhemd, Wams, Kniehosen, Schnallenschuhe. Dazu ein Gürtel mit je einer Scheide für Degen und Messer.

»Alle sollen es erfahren, denn aus meiner Tat wird etwas Neues, Großes entstehen.« Lächelnd betrachtete er die blutende Rubinerin. »Ich muss dir gratulieren. Ich hätte nicht gedacht, dass du auf mein Geheimnis kommst. Obwohl Lorana mir besorgt mitgeteilt hat, was du zu ihr gesagt hast. Ich habe sie beruhigt und dafür gesorgt, dass du nicht die Einzige mit paranoiden Wahnvorstellungen bleibst. So konnte ich sichergehen, dass niemand dir glauben würde.«

»Roi hat mir geglaubt«, keuchte sie.

»Ich habe darauf vertraut, dass du genau dann herumschnüffeln würdest, wenn er weg ist. Offen gestanden konnte ich es kaum erwarten, dein Gesicht zu sehen, wenn du die Wahrheit entdeckst.«

Lejure setzte sich vorsichtig auf den Boden. Aus einem Kostüm, das neben ihr auf einer Kleiderpuppe hing, riss sie einen Streifen Stoff, und versuchte die Wunde abzubinden, aber das Tuch färbte sich sofort tiefrot. Darius Fynn hinderte sie nicht daran, er war viel zu sehr mit dem aufwändigen Ankleideritual beschäftigt. »Was haben Sie nur getan …?«

»Oh, ich dachte, das wäre sofort ersichtlich!« Fynn schien froh zu sein, sich endlich offenbaren zu können, nachdem er so lange sein Geheimnis mit sich herumgetragen hatte. Von seiner üblichen Gefühlskälte und Distanziertheit war nichts mehr zu bemerken. Er wirkte gelöst, fast heiter, er lächelte sogar.

»Ich habe das Virus freigesetzt, um eine große Reinigung durchzuführen. Wer übrig bleibt, wird dem neuen Herrscher folgen. Denn Roi Danton ist der einzig wahre Auserwählte und dazu bestimmt, die Milchstraße in eine neue, glorreiche Ära zu führen! Ich habe es schon als Jugendlicher erkannt, als ich auf Rubin aufgewachsen bin. Ich habe alles über ihn gelesen und gesehen, ich kenne ihn besser als er sich selbst. Roi Danton hat endlich zu sich gefunden und ist bereit, sein großes Amt anzutreten. Gegen ihn ist Bostich nur ein lächerlicher Narr! Roi Danton wird die Terraner wieder zur Nummer eins machen und die Arkoniden von der galaktischen Bühne fegen!«

»Aber auf diese Weise …?«

»Nun, das ist bedauerlich, aber es wurde leider notwendig. Da meine behutsamen Hinweise und Ratschläge nichts fruchteten und Roi Danton sich weigerte, meiner Vision zu folgen, musste ich zu diesem drastischen Mittel greifen. Es musste ein deutliches Zeichen gesetzt werden. Und im Grunde hat er mich darauf gebracht, denn schließlich stammt das Virus ja von *ihm!*«

Darius Fynn sonnte sich in Lejures Entsetzen. »Natürlich hätte er es niemals freigesetzt, höchstens als Druckmittel verwendet, so etwas tut er gern. Und außerdem ist er zu edel für die Durchführung einer solchen Tat, das ist Sache seines Beraters. Schließlich darf sich der Herrscher nicht selbst die Hände schmutzig machen.«

»Aber wie haben Sie überlebt …?«

»Roi Danton wäre nicht Roi Danton, wenn er nicht für alle Eventualitäten vorgesorgt hätte. Es existierte ein Behälter mit einem Serum. Ich injizierte mir eine Dosis, bevor ich das Virus freisetzte, und vernichtete den Rest. Es ist kein Problem, Blutproben zu manipulieren, und man kann leicht einmal niesen oder husten. Und ich spielte natürlich auch mit, als ich Zheobitts Mittel ausprobieren sollte. Es konnte mir ja nicht schaden.«

Fynns Gesicht zeigte einen triumphierenden Ausdruck. Er zog seinen Degen und richtete die Spitze auf Lejure. »Erkennst du die Symbolik des Ganzen? Ein Virus ist unsterblich, genau wie Roi Danton. Ich habe das Zeichen verstanden und getan, was zu tun war!«

Lejure glaubte, sich jeden Moment übergeben zu müssen. War das Rois Geheimnis gewesen? Hatte er tatsächlich davon gewusst? Hatte er es irgendwie initiiert? »Nein …«, stieß sie mit brüchiger Stimme hervor.

»Ich hatte angeordnet, es zu vernichten«, war plötzlich eine Stimme zu hören.

Darius Fynn fuhr herum. Roi Danton war unbemerkt hinzugekommen und hatte die Lage mit einem Blick erfasst.

Erleichterung trat in Fynns Gesicht. »Sir! Gut, dass Sie da sind. Nun wird sich alles zum Guten fügen.«

»Geben Sie mir die Waffe, Darius«, sagte Roi Danton ruhig.

»Aber Sir … ich brauche sie noch. Diese Mitwisserin könnte uns schaden …«

»Das wird sie nicht tun. Dafür werde ich sorgen. Es ist vorbei, Darius. Sie haben alles erreicht, was Sie wollten. Sie müssen nicht mehr kämpfen. Jetzt bin ich hier und werde alles Weitere veranlassen.«

Fynn blinzelte. »Wirklich? Dann … dann geht mein größter Wunsch endlich in Erfüllung?« Seine Augen füllten sich mit Tränen. »Sie werden meiner Vision folgen?«

»Soll Ihre ganze Mühe etwa umsonst gewesen sein, Darius?«, erwiderte Roi. »Es tut mir Leid, dass ich es erst so spät erkannt habe. Aber nun wird alles gut. Ich werde die Galaxis befreien, und ich werde Ihnen ein Denkmal errichten lassen, damit niemand vergisst, wer den Grundstein für das neue Imperium gelegt hat.«

Darius Fynn wirkte zutiefst gerührt. Er schien bereit zu sein, den Degen fallen zu lassen.

Doch dann trat ein beunruhigendes Flackern in seine Augen. »Aber … was wird aus mir, nachdem alles vorüber ist? Ich habe schreckliche Dinge getan …«

»Sie können anfangen, Buße zu tun, indem Sie die Waffe aus der Hand legen«, sagte Roi sanft. »Bestrafen Sie sich nicht selbst. Es war notwendig, was Sie getan haben. Keiner außer Ihnen hätte den Mut dazu gehabt.«

»Dann denken Sie, dass ich richtig gehandelt habe?« Fynns Gesicht bekam plötzlich einen lauernden Ausdruck. »Nein! Mich können Sie nicht täuschen.«

Roi, der sich einen Schritt nach vorn bewegt hatte, hielt inne. »Was meinen Sie damit?«

»Ich kenne Sie«, zischte der Rubin-Geborene mit völlig veränderter Stimme. »Ich habe Sie jahrelang studiert. Ich weiß, dass Sie meine Tat nicht billigen können. Wahrscheinlich reden Sie mir nur gut zu, um mich zu beruhigen und dann festnehmen zu lassen!«

»Soll ich nun Ihrer Vision folgen oder nicht? Entscheiden Sie sich, Darius. Soll alles umsonst gewesen sein?«

Darius Fynn schwankte leicht. »Ich ... ich weiß nicht ...«, stammelte er und rieb sich mit der linken Hand die Stirn. »Auf einmal ist alles so verwirrend ... vorher war alles so klar ... aber jetzt ... wenn ich an die Zukunft denke ...« Seine Augen trübten sich, dann flackerten sie wieder. Er schaffte es nicht mehr, sein Idol zu fixieren, die Augen irrten unruhig umher.

»Andererseits ...«, fuhr er fort, »wäre es wichtig, ein Zeichen zu setzen. Was ist, wenn Sie den Erwartungen nicht gerecht werden? Das könnte ich niemals ertragen. Sie sind doch mein Idol! Sie dürfen niemals eine Schwäche zeigen. Aber das werden Sie, bestimmt werden Sie das, Sie haben immer wieder Fehler gemacht. Nein. Nein, es muss anders enden. Ich weiß, die Vision geht viel weiter. Ich muss ...« Er faselte wirr und schwankte zwischen Aggression und Furcht. Vielleicht wurde ihm bewusst, was er getan hatte, nachdem sich seine Vision erfüllt hatte. Und das trieb ihn endgültig in den Wahnsinn.

»Und ich müsste Sie teilen ... wie mit dieser Medikerin ... Vielleicht brauchen Sie mich eines Tages nicht mehr ... das kann ich *nicht zulassen!*«

Die letzten Worte schrie er heraus, dann stürzte er sich auf sein Idol.

»Sir!« Lejure hatte den günstigen Moment genutzt und einen Degen an sich genommen. Sie warf ihn Roi Danton zu, der ihn geschickt auffing, ihn aus der Scheide zog und einen Sekundenbruchteil später Fynns geraden Stoß parierte.

Es wirkte archaisch und paradox – Roi Danton in einer schlichten dunklen Kombination und sein Doppelgänger im Freihändlerkostüm. Zwei Männer, die sich lauernd mit halb erhobenen Degen umkreisten.

Roi Danton wusste, dass sich der Verlauf eines Degenkampfes nie vorhersagen ließ. Es war ein schneller, gefährlicher Kampf, bei dem nicht nur das Talent, sondern auch die Tagesform zählte. Es ging nicht allein um Kraft und Geschicklichkeit, es zählten auch die Beinarbeit, die Konzentration auf den Gegner, die blitzschnelle Reaktion. Wenn man nur ein wenig zu nachlässig wurde, konnte man von einem schwächeren Gegner besiegt werden. Auch der Zufall entschied, ob man stolperte, sich irgendwo verfing oder einen Stoß verfehlte.

Darius Fynn war zweifelsohne gut und in seinem Wahn hochkonzentriert. Nachdem er nun entschieden hatte, was er tun wollte, war alle Verwirrung von ihm abgefallen. Er war eisern entschlossen, sein Vorhaben zu Ende zu führen, auf gut durchdachte, sichere Weise. Dieses Verhalten kannte Roi Danton von ihm. Fynns Gesicht zeigte wieder die gewohnte Kälte und Nüchternheit.

Coupéstoß, Patinando, Quartparade, Tempoaktion und Opposition.

Roi Danton wurde zusehends sicherer, lange verschüttete Übungen und Erfahrungen wurden wieder in ihm wach. Elegant wie ein Tänzer bewegte er sich um Darius Fynn herum, sich jederzeit seiner Überlegenheit bewusst. Vor sechs Jahren hatte er dem Konquestor Trah Zebuck aus Tradom eine tödliche Lektion erteilt und bewiesen, dass Roi Danton nach wie vor die Kunst des Degenkampfes perfekt beherrschte.

Aber auch Darius Fynn hatte eine Menge gelernt. Vor allem von seinem großen Vorbild. Roi Danton erkannte überrascht eigene Strategien, eigene Finten und Riposten. Das erschwerte ihm die Sache, denn Darius konnte sich darauf einstellen, was Roi als Nächstes tun würde.

Andererseits war Darius Fynn zu sehr in seinem Wahn gefangen und nicht mehr flexibel genug. Er konnte nur noch stur abspulen, was er geplant hatte.

Der Unsterbliche jedoch konnte seine Strategie ändern, sogar versuchen, seinen Stil vorübergehend aufzugeben und völlig unvorhersehbar auf Darius Fynn loszugehen.

Und dieser Plan ging auf. Der Leutnant geriet zunehmend außer Atem und wurde immer wütender, je häufiger seine Angriffe danebengingen. Allmählich begriff er, dass er Roi Danton nicht schlagen konnte. Das reizte ihn zur Weißglut, und genau das hatte Roi Danton provozieren wollen. Bei einem Degenkampf durfte man sich keine Emotionen leisten, weil man dadurch den Gegner aus den Augen verlor und sich zu sehr auf sich selbst konzentrierte.

Mit einer Finte, einem Kreuzschritt nach vorn und einem Battutastoß schlug der Unsterbliche Darius Fynn den Degen aus der Hand.

»Kapitulieren Sie!«, forderte Roi Danton ihn auf. Fynn blutete aus mehreren kleinen Wunden, die sein weißes Rüschenhemd rot färbten, während der Oberstleutnant nicht den kleinsten Kratzer hatte. »Es ist vorbei.«

»Sie haben mich verraten«, flüsterte Fynn. »Wie konnten Sie mir das nur antun?«

»Keine Erklärungen mehr, Fynn. Es ist vorbei.«

»Ja, es ist vorbei.« Ein teuflisches Grinsen verzerrte Fynns Gesicht zu einer hässlichen Fratze. »Sie vergessen hoffentlich nicht, dass ich den Behälter mit dem Serum vernichtet habe.«

Roi schüttelte den Kopf. »Aber nein, mon ami, Sie täuschen sich. Der Behälter ist immer noch da.«

Fynn blinzelte verwirrt und verunsichert. »Wie kann das sein?«

Roi hob langsam den Degen und deutete damit auf Darius. »Sie, mein Freund, sind der Behälter. Das Blut, das in Ihren Adern kreist, ist die Rettung meiner Leute. Und Sie werden es mir jetzt geben, ob freiwillig oder nicht, mir ist es gleich. Ich hole es mir auf die eine oder andere Weise.«

Fynns Augen flackerten. Alles hatte er bedacht, nur das nicht. »Nein!«, schrie er. »Lieber springe ich in den Konverter!«

Er drehte sich um und wollte losrennen, aus dem Quartier flüchten, aber Roi war schneller. Er warf seinen Degen und traf. Die Schneide schnitt mühelos durch den Stoff, die scharfe Spitze bohrte sich tief in Fynns Rücken.

Er stieß einen leisen Schmerzenslaut aus, strauchelte, versuchte den Degen mit der Hand zu erreichen und aus der Wunde zu ziehen, aber vergeblich. Seine Beine knickten ein, und er sank zu Boden.

»Lejure, funken Sie Zheobitt an, schnell!«, rief Roi und warf ihr sein Armband zu, falls ihres nicht mehr funktionierte. Gleichzeitig lief er zu Darius Fynn.

»Sie selbstsicherer Narr, warum haben Sie keinen Schutz in Ihre Kleidung eingearbeitet? Haben Sie sich für unverwundbar gehalten?«, sagte er zum Verwundeten, der sich mit den Armen über den Boden voranschob und die leblosen Beine hinter sich herzog. »Geben Sie auf! Es ist zu Ende!«

»In der Tat«, stieß Darius mit einem gurgelnden Geräusch hervor und drehte den Oberkörper zur Seite. »Ich glaube, Sie haben mein Rückgrat durchtrennt, von der Hüfte abwärts kann ich meinen Körper nicht mehr spüren. Ein guter Wurf, Sir.«

»Zheobitt ist auf dem Weg!«, krächzte Lejure im Hintergrund. Sie lag inzwischen in einer Blutlache. »Ich habe ihm gesagt, dass er zwei Antigravliegen mitbringen muss, von denen eine recht groß sein sollte …«

»Gutes Mädchen«, murmelte Roi. Dann zuckte er zusammen, als Darius seine linke Hand vom Bauch nahm und eine weitere Wunde offenbarte. Offensichtlich war er beim Sturz in sein eigenes Messer gefallen.

Der Fanatiker grinste mit blutverschmierten Zähnen. »Das war kein Versehen«, stieß er hustend hervor. »Ich habe alles geplant, aber Sie haben es zunichte gemacht. Denken Sie, ich will in einer solchen Welt bleiben?«

»Sie entziehen sich lediglich der Verantwortung«, sagte Roi Danton kalt.

»Wenn Zheobitt sich nicht beeilt … habe ich vielleicht schon … zu viel Blut verloren …«

Das Gesicht des Unsterblichen war eine undurchdringliche Maske. »Es genügt, wenn nur noch ein einziger Tropfen in dir ist«, sagte er leise, mit einem klirrenden Nachhall. »Und Zheobitt wird rechtzeitig hier sein, bevor dein Blut gerinnt und dein Fleisch kalt wird. Notfalls werde ich dich wiederbeleben.«

Er ließ Darius Fynn liegen und lief zu Lejure, deren große dunkle Augen fiebrig glänzten. »Wird er überleben?«, fragte sie.

Roi schüttelte den Kopf. »So ist es besser für uns alle.« Er versuchte, Lejures Blutung zu stillen, und stützte sie, damit sie leichter atmen konnte.

»Ich glaube, ich schaffe es nicht, Sir«, flüsterte Lejure kraftlos.

»Nenn mich Roi«, sagte der Terraner und streichelte ihr weiches Gesichtsfell. »Natürlich schaffst du es. Du bist drei Meter groß, und die Wunde ist höchstens drei Zentimeter tief.«

Sie bleckte die Zähne und stieß ein Lachen aus, das mehr einem krächzenden Husten ähnelte. »Sind eigentlich alle Unsterblichen solche Nervensägen?«, presste sie mühsam hervor, bevor sie das Bewusstsein verlor.

Roi wandte kaum den Kopf, als er hinter sich ein leises Röcheln hörte, das schließlich versiegte.

In diesem Moment traf Zheobitt mit zwei weiteren Medikern ein. Er verschaffte sich einen schnellen Überblick, dann zapfte er Blut von Darius Fynn ab. »Gerade noch rechtzeitig«, sagte er gelassen. »Er hat noch einen schwachen Puls. So leicht gibt ein Mensch nicht auf, nicht einmal im Moment seiner größten Niederlage.« Er winkte die Mediker heran. »Bringt beide auf die Krankenstation und versorgt sie. Aber kümmert euch in erster Linie um Lejure Makaam und tut alles für sie.« Der Ara blickte zu Roi Danton. »Wie es aussieht, hat sie uns alle gerettet.«

15.

Quinto-Center, 5. bis 7. August 1318 NGZ

Als Lejure zu sich kam, stellte sie erstaunt fest, dass Roi Danton neben ihrem Bett saß und sie lächelnd ansah. »Ausgeschlafen?«, fragte er.

Die Rubinerin richtete sich ächzend auf. »Wie geht es mir?«

»Du bist fast wieder auf dem Posten. Die Mediker haben ganze Arbeit geleistet, allen voran Zheobitt.«

»Also hat er ein wirksames Gegenmittel hergestellt?«

»Er hat kaum länger als eine halbe Stunde gebraucht, bis er die ersten Injektionen verteilen konnte. Danach hat er sofort ein Mittel synthetisiert, das auch bei Nichthumanoiden wirkt. Du warst die Erste, der man das Injektionspflaster aufgedrückt hat.«

»Dann haben wir es geschafft?«

»Ja, Lejure. In den zwei Tagen, die du im Heilkoma gelegen hast, hat es keine neuen Todesfälle gegeben. Und das haben wir dir zu verdanken. Aber wir haben immense Verluste erlitten, fast einhunderttausend Tote. Wir werden einige Zeit brauchen, um uns von diesem Schlag zu erholen.«

»Was ist aus Darius Fynn geworden?«

»Er ist noch auf dem Weg zur Krankenstation gestorben. Vielleicht hätte man ihn wiederbeleben können, aber ich denke, es ist das Beste, dass wir ihm seinen letzten Willen erfüllt haben, sich der Verantwortung für seine Tat zu entziehen.«

Der Unsterbliche verstummte, und Lejure bemerkte die Schatten unter seinen Augen, die einen traurigen Glanz hatten.

»Allmählich erwacht Quinto-Center aus der Totenstarre«, fuhr Roi Danton fort. »Unsere Spezialisten im Außendienst haben Order erhalten, sich im nächsten USO-Büro einzufinden und impfen zu lassen. Wenn sie zurückkehren, können sie uns beim Wiederaufbau helfen. Das Hauptquartier wurde gründlich dekontaminiert. Ich denke, wir können davon ausgehen, dass wir das Virus vernichtet haben. Zum Glück ist nichts an die Öffentlichkeit gedrungen. Und ich möchte noch eine Weile warten, bevor ich bestimmte Stellen in Kenntnis setze.«

Lejure dachte an seinen Vater, aber sie sagte nichts dazu. Es ging sie nichts an. Der Konflikt, der seit Jahrhunderten zwischen den beiden schwelte, konnte nur von ihnen selbst beigelegt werden.

»Warum bist du bei mir? Ich kann mir vorstellen, dass du im Moment ziemlich viel zu tun hast.«

»Das kann warten. Ich wollte bei dir sein, wenn du aufwachst, um dir zu danken. Und ich bin dir eine Geschichte schuldig.«

Lejures Ohren schnellten nach oben. »Sicher würde ich gerne die Hintergründe erfahren. Aber es ist nicht notwendig …«

Roi hob eine Hand. »Nein, es ist besser so. Es wird Zeit, dass ich darüber spreche. Du hast das Drama von Anfang an miterlebt und die Wahrheit herausgefunden. Nun sollst du erfahren, wie es dazu gekommen ist.« Er überlegte einen Moment und holte tief Luft. »Es stimmt, dass ich selbst das Virus eingeschleppt habe. Allerdings unbeabsichtigt, und ich hatte die Sache schon fast vergessen.«

»Wie lange ist es her?«

»Sehr lange. Als ich zum ersten Mal gestorben war.«

»Ich hoffe, das wird nicht zur Gewohnheit …« Lejure zeigte lächelnd die Zähne.

»Das hoffe ich auch. Im Jahr 2437 alter terranischer Zeitrechnung, am 4. Oktober, um genau zu sein, wurde ich im Enemy-System der Uleb von den Bestien erschossen. Das heißt, beinahe. Mein HÜ-Schirm versagte, und ich fiel in einen Trichter. Die anderen hielten mich für tot und mussten fliehen, weil sich die Sonne Enemy zur Nova entwickelte.«

Roi Dantons Augen blickten in die weit zurückliegende Vergangenheit, und für einen Moment spiegelten sich darin Schmerz und Kummer. »Aber ein Gurrad entdeckte, dass noch ein Funken Leben in mir war, und schleppte mich in eine von den Uleb zu Versuchszwecken gebaute Zeitmaschine. Ich wurde in die Vergangenheit gerissen, kehrte schließlich 3434 in die Gegenwart und ins Leben zurück.« Er sah Lejure an. »Damals habe ich verständlicherweise nicht sofort bemerkt, dass der Gurrad mir außerdem einen kleinen Behälter zusteckte, in dem sich, wie du dir vielleicht denken kannst, die Urform des Virus befand.

Wir hatten herausgefunden, dass die herrschenden Bestien zur Festigung ihrer Macht eine Hyperseuche entwickelt hatten, die sie gegen aufsässige Artgenossen einsetzten. Allerdings waren sie selbst auch nicht dagegen immun und besaßen nicht einmal ein Serum. Ein dummer Fehler, aber das tut nichts zur Sache. Im Normalzustand wurde die leuchtend rote Virenkultur in gasförmig flüssigem Phasengemisch in durchsichtigen Behältern aufbewahrt. Wir machten uns dieses Wissen zunutze und stellten gleich aussehende, harmlose Placebos her, um die Bestien damit in Schach zu halten. Aber das ist für die aktuellen Ereignisse nicht weiter von Belang.«

Lejure spürte ihr Herz klopfen. Nie hätte sie gedacht, dass diese Geschichte so weit zurückreichte!

»Jedenfalls entdeckte ich irgendwann den Behälter in meiner Tasche. Zum Glück habe ich ihn nicht geöffnet, obwohl ich zuerst dachte, dass es sich um die harmlose Variante handelte. Ich bewahrte ihn auf, weil er gewissermaßen mein einziges Erinnerungsstück war. Außerdem wusste ich nicht, ob ich jemals in die Gegenwart zurückkehren konnte, von der mich fast tausend Jahre trennten.

Nach meiner Rückkehr übergab ich den Behälter der damaligen United Stars Organisation, die den Inhalt analysierte. Man stellte fest, dass es sich um eine Weiterentwicklung der ursprünglichen Hyperseuche der Bestien handelte, die wahrscheinlich für alle organischen Lebewesen tödlich war. Es besaß zwar nicht mehr die Fähigkeit, sich wie der Urtyp in hyperenergetische Quanten umzuwandeln, aber die Verbreitungsgeschwindigkeit war trotzdem phänomenal. Ich riet der USO, das Virus sofort zu vernichten, und mir wurde glaubhaft versichert, dass es bereits geschehen sei.«

Roi Danton seufzte tief. »Ich war beruhigt und dachte, dass ich die Sache vergessen konnte. Aber wie es scheint, hat jemand weiter mit dem Virus experimentiert. Und es gelang ihm sogar, ein Gegenmittel herzustellen, möglicherweise durch die Auswertung der Aufzeichnungen, die wir von den Bestien hatten. Danach hat der Unbekannte, aus welchem Grund auch immer, die Behälter mit den Viren und dem Gegenmittel im Archiv von Quinto-Center verschwinden lassen, wo sie bis vor kurzem vor sich hin schlummerten.«

»Darius Fynn muss sich zuerst das Serum injiziert und dann den Behälter geöffnet haben«, überlegte Lejure. »Markus Fall wurde regelrecht von den Viren überschwemmt und hatte nicht die geringste Chance. Ihm blieben nur noch wenige Tage. Anschließend sorgte Fynn dafür, dass sich die Seuche in wenigen Stunden über ganz Quinto-Center ausbreitete.« Sie kratzte sich hinter dem Ohr. »Aber wie ist er auf diesen teuflischen Plan gekommen?«

»In Quinto-Center ruhen noch viele Geheimnisse aus der Vergangenheit«, antwortete Roi. »Wir wissen nichts davon, weil wir nie danach gesucht haben. Seinen Aufzeichnungen zufolge ist Fynn im Archiv auf ein Dokument über die Hyperseuche gestoßen, als er Recherchen über meine Rolle während des Kampfes gegen die Bestien betrieb. Das war der Auslöser für seinen Plan. Und er hatte jemanden, der für ihn die Drecksarbeit übernehmen sollte. Fynn wusste, dass Markus Fall sich vor seiner USO-Karriere als Dieb und Attentäter auf Lepso durchgeschlagen hatte. Damit konnte er ihn erpressen. Kurz vor seinem Tod bekam der geläuterte Verbrecher Gewissensbisse, hatte aber nicht mehr die Gelegenheit, alles zu beichten.«

Er blickte auf seine verschränkten Hände, die er in den

Schoß gelegt hatte. »Ahnst du, was in mir vorging, als ich Markus Fall sah? Die explodierten Organe, die kraterartigen Vertiefungen in der Haut … plötzlich stand mir die Vergangenheit wieder vor Augen. Ich ging meinem Verdacht nach, aber es schien keine Verbindung zur Hyperseuche der Bestien zu geben. Darius Fynn hatte seine Spuren sorgfältig verwischt. Alles deutete darauf hin, dass Markus Fall sich das Virus irgendwo eingefangen hatte, dass die Ähnlichkeiten rein zufällig waren.«

»Ich lag also richtig mit meiner Vermutung, dass du mehr wusstest, als du sagen wolltest. Ich … ich habe mir ernsthafte Sorgen gemacht, ob vielleicht ein Teil deiner Torric-Persönlichkeit wieder erwacht war«, gestand Lejure niedergeschlagen.

»Es gab für mich keinen Grund, etwas zu sagen«, erklärte Roi. »Zumal nach meinem Kenntnisstand ohnehin kein Gegenmittel für die Seuche existierte. Ich habe nicht daran geglaubt, dass es ein Attentat sein könnte. Ich konnte mir einfach nicht vorstellen, dass jemand den wahnsinnigen Entschluss fasst, Tausende umzubringen. Und ich habe nicht im Entferntesten daran gedacht, dass mein engster Vertrauter innerhalb der USO der Verantwortliche sein könnte.« Er lächelte schwach. »Manchmal unterscheiden sich Unsterbliche gar nicht so sehr von Normalsterblichen. Auch wir treffen falsche Entscheidungen. Wir sind keineswegs unfehlbar. In letzter Konsequenz war ich sogar selbst der Auslöser für diese schreckliche Tragödie und trage zumindest einen Teil der Verantwortung. Ich habe das Virus in die Station gebracht, und ich war das Objekt von Fynns fanatischer Verehrung.«

»Glaube nicht, dass du der Einzige mit Schuldgefühlen bist«, sagte Lejure. »Ich fühle mich schuldig, weil ich noch lebe und weil Lorry tot ist. Immerhin habe ich … ihn selbst getötet.«

Roi ergriff ihre Hand. »Wir alle mussten schwere Verluste hinnehmen, Lejure. Ich vermisse Lorana. Aber wir dürfen uns nicht schuldig fühlen, am Leben zu sein. Viele Überlebende tragen dieses Trauma mit sich herum, manche werden nie damit fertig. Aber das Leben geht weiter, nichts ist von Bestand …«

»… und nichts geht verloren«, ergänzte Lejure schniefend. »Lorana hat mir von diesem Sprichwort erzählt. Keine Sorge, ich werde schon damit fertig. Vielleicht kann ich mir sogar einreden, dass es ohnehin keine Rettung für Lorry gab und ich ihn vor grausamen Qualen bewahrt habe. Eines Tages wird es hoffentlich nur noch eine der vielen Narben sein, die man sich im Laufe des Lebens zuzieht. Aber wie geht jemand wie du damit um?«

»Du meinst, weil ich alle Zeit der Welt habe?« Roi überlegte. »Letztlich kann ich nur genauso wie jeder andere versuchen, das Beste daraus zu machen. Man muss vergessen können, um sich den Herausforderungen der Gegenwart zu stellen.«

Lejure zupfte an ihren Tasthaaren. »Mein Freund sagte, dass man dir nicht vertrauen kann. Weil niemand weiß, ob die Torric-Persönlichkeit wirklich vollständig vernichtet wurde. Mit seinen Zweifeln hat er mich angesteckt, sodass ich dich tatsächlich verdächtigt habe.«

»Auch ich war mir einige Zeit meiner selbst nicht sicher.« Roi Danton lächelte. »Aber inzwischen weiß ich, dass nur ich in mir wohne.«

»Aber man kann sich verändern …«

»*Non sum, qualis eram*, schrieb Horaz vor langer Zeit. Ich bin nicht mehr der, der ich einst war. Jeder Tag verändert einen, weil kein Tag dem anderen gleicht. Selbst für jemanden wie mich gibt es immer noch Überraschungen. Man ist der, der man war und der man wird. All das ergibt die Summe des Mannes, der hier vor seiner Lebensretterin kluge Reden schwingt.«

Lejure stieß ein keckerndes Lachen aus. »Es tut mir Leid, dass ich an dir gezweifelt habe.«

»Unsinn«, winkte Roi ab. »Es ist gut, wenn du nicht zu vertrauensselig bist. Niemand ist gegen Fehler gefeit, man kann immer wieder auf Irrwege geraten. Dadurch bleibt das Leben selbst für einen Unsterblichen spannend. Ich stehe keineswegs über den Dingen, ich weiß immer noch, was Angst ist. Das ist sehr wichtig. Jemand, der keine Furcht oder Skrupel mehr kennt, ist gefährlich.«

»Aber wer bist du wirklich? Roi Danton oder Michael Rhodan?«

»Was bedeutet schon ein Name? Nach meiner Heilung entschied ich mich, wieder den Namen des Freihändlerkönigs anzunehmen, weil ich noch nicht wusste, wer ich war. Das hat mir geholfen, meine Identität wiederzufinden. Zum Glück hatte ich meine furchtbaren Taten in einer weit entfernten Galaxis begangen, so dass ich die Chance auf einen relativ unbelasteten Neuanfang hatte.«

»Trotzdem hast du mit diesem Namen deine Bekanntheit ausgenutzt«, wandte Lejure ein.

»Das halte ich nicht für verwerflich. Mit einer vierten Identität wäre ich vermutlich vollends schizophren geworden. Außerdem denke ich, dass ich mich bewährt habe. Inzwischen ist es mir gleich, wie man mich nennt.«

»Und wie nennst du dich selbst?«

Er lächelte. »Einen Menschen.«

Zwei Tage später packte Lejure Makaam ihre Sachen und machte sich auf den Weg zu einem Hangar. In den Gängen von Quinto-Center herrschte fast wieder der gewohnte Betrieb, auch wenn noch keine Rede davon sein konnte, dass der Normalzustand wieder eingekehrt war.

An der Schleuse wurde sie von Roi Danton empfangen. Lejure hatte es gehofft, im Grunde sogar erwartet. Trotzdem war sie erleichtert, nicht enttäuscht worden zu sein. Sie nestelte den Dreispitz aus ihrer Bauchtasche und setzte ihn auf.

»Die Stunde des Abschieds scheint gekommen zu sein, Sir«, sagte sie in dienstlichem Tonfall und verbeugte sich formvollendet. Sie hatte es lange geübt.

Roi Danton lächelte. »Wenn es wirklich dein Entschluss ist … von dem ich dich übrigens gerne abgebracht hätte.«

»Ihre Mühe wäre umsonst, Sir.«

»Du bist dir ganz sicher?«, bohrte Roi weiter.

Lejures Ohren wackelten. »Ja, Roi. Ich habe meine große Chance bekommen. Ich werde auf Reisen sein und viele Dinge sehen, die sonst kein Rubiner zu sehen bekommt. Wir sind in erster Linie Händler, die sich normalerweise nur in Konferenz- und Frachträumen aufhalten. Aber ich wollte schon immer mehr erleben. Und ich möchte anderen helfen.«

»Zheobitt wird es dir nicht leicht machen. Ihm geht es nur um Profit, und er wird dich schikanieren, sobald du den Vertrag unterschrieben hast.«

»Trotzdem liebt er die Herausforderung, und er verweigert nur dann seine Hilfe, wenn er wirklich keine Zeit hat. Außerdem glaube ich, dass er hier eine Menge gelernt hat. Vielleicht gelingt es mir sogar, zu seinem kalten Herzen vorzudringen. Und bisher weiß niemand genau, wie Kreyfiss seinen Herrn am Leben erhält. Diese Frage könnte eines Tages von großer Bedeutung sein, denn der Blender wird nicht ewig leben …« Lejure zeigte die Zähne.

Roi Danton lachte. »Du bist ganz schön raffiniert! Man merkt, dass du von Händlern abstammst. Und du hast den Vorteil, dass Rubiner sehr langlebig sind. Dich erwarten noch jede Menge Abenteuer. Ich hoffe, dass wir uns irgendwann wiedersehen.«

»Das werden wir«, versprach Lejure. »Ganz sicher, Roi. Ich danke dir für alles.«

»Nein, ich muss dir danken. Einen Freund wie dich findet man nicht oft, Lejure. Ich stehe tief in deiner Schuld, und wann immer du mich brauchst, werde ich für dich da sein. Du hast das Wort eines Unsterblichen.«

»Das ist eine große Ehre für mich. Leb wohl!«

Lejure stapfte zur wartenden Space-Jet, dann drehte sie sich noch einmal um, nahm den Dreispitz ab und winkte. »Nein – auf Wiedersehen!«

Roi Danton suchte eine Beobachtungskanzel auf und verfolgte durch das Fenster, wie die Space-Jet Quinto-Center verließ. Er wartete, bis das kleine Schiff im Hyperraum verschwunden war. In weniger als einer Stunde würde Lejure Makaam den mit der ZENTRIFUGE II vereinbarten Rendezvouspunkt erreicht haben.

Der Oberstleutnant machte sich auf den Weg zum nächsten Antigravschacht und kehrte in sein Büro zurück. Auf dem Schreibtisch hatte sich eine Menge Arbeit aufgehäuft, vor allem die traurigste aller Pflichten, die Benachrichtigung der Hinterbliebenen. MAJESTÄT würde ihm dabei helfen müssen. Er hätte gern mit allen persönlich gesprochen, aber das war bei der großen Anzahl der Opfer unmöglich.

Kurz erwog er, seinen Vater anzurufen, bevor er sich den Kondolenzbotschaften widmete. *Wir sprechen viel zu selten miteinander*, dachte Perry Rhodans Sohn. *Auch wenn Jahrtausende vergangen sind, bleiben wir doch, was wir sind – Vater und Sohn. Das familiäre Band lässt sich nicht zertrennen. Nicht nach allem, was wir durchgemacht haben. Es wird Zeit, dass wir uns versöhnen. Das heißt, es wird Zeit, dass* ich *endlich meinen Frieden mit ihm mache.*

Viele Jahre voller bitterer Vorwürfe und viele Jahre des Schweigens standen zwischen ihnen. Sie hatten nie richtig gelernt, miteinander umzugehen, vor allem miteinander zu *reden*. Sich gegenseitig ihre Gefühle zu offenbaren, dem anderen zu zeigen, wer und wie man in Wirklichkeit war. Das sollte sich ändern. Sie mussten ihr Verhältnis klären und ab und zu einfach nur Menschen sein.

Dies wäre ein guter Anfang.

Roi Danton setzte sein Vorhaben sofort in die Tat um und nahm die entsprechenden Schaltungen vor. Der Verbindungsaufbau würde einige Zeit in Anspruch nehmen, da er viele geheime Wege und Umwege gehen musste, damit die Sendung nicht zurückverfolgt werden konnte.

Sein Vater würde sicher überrascht sein, so unvermutet von seinem Sohn zu hören. Vielleicht auch erfreut.

Es sollte trotz allem ein gutes Gespräch werden.

Während er auf die Verbindung wartete, betrachtete der Unsterbliche ein Holo an der Wand, das wie ein Aussichtsfenster einen Ausschnitt des Alls zeigte.

Von außen völlig unberührt zog Quinto-Center etwa achttausend Lichtjahre von Sol entfernt seine einsame Bahn durch den Leerraum.

Roi Danton alias Michael Reginald Rhodan fühlte sich zu Hause.

ENDE